U0474561

《诗刊》社 ◎ 编

李少君 ◎ 主编

青春回眸

诗歌大系

2018—2019

西南师范大学出版社
国家一级出版社 全国百佳图书出版单位

图书在版编目(CIP)数据

青春回眸诗歌大系. 2018—2019 /《诗刊》社编；李少君主编. -- 重庆：西南师范大学出版社，2021.8
ISBN 978-7-5697-0677-2

Ⅰ.①青… Ⅱ.①诗…②李… Ⅲ.①诗集－中国－当代 Ⅳ.①I227

中国版本图书馆CIP数据核字(2021)第081344号

青春回眸诗歌大系2018—2019
QINGCHUN HUIMOU SHIGE DA XI 2018—2019

《诗刊》社　编　　李少君　主编

项目策划：蒋登科　张　昊
责任编辑：李晓瑞
责任校对：张　昊
装帧设计：王　冲
排　　版：杨建华
出版发行：西南师范大学出版社
印　　刷：重庆荟文印务有限公司
幅面尺寸：160 mm×235 mm
印　　张：24.25
字　　数：359千字
版　　次：2021年8月 第1版
印　　次：2021年8月 第1次印刷
书　　号：ISBN 978-7-5697-0677-2
定　　价：98.00元

当代诗歌的"青春回眸"时刻

李少君

仅仅百年的新诗,很长时间被认为只是一种"青春写作",多少暴得大名的诗人,终身靠的是年轻时的成名作。成名作即代表作,一度成为一种诗歌现象。于是,有人说:诗歌只属于青春。

并且,他们还振振有词,郭沫若之《女神》、徐志摩之《再别康桥》、艾青之《大堰河,我的保姆》、卞之琳之《断章》、海子之《面朝大海,春暖花开》、张枣之《镜中》等,都是青春的激情产物,此后,就再难超越自己的高峰。

诗歌真的只属于青春吗?对此,我不能苟同,杜甫的"暮年诗赋动江关"如何理解?赵翼的"赋到沧桑句便工"呢?大诗人歌德愈老愈炉火纯青,还有里尔克说的"经验写作"以及所谓的"晚期风格",等等。

确实,青春本身就是诗。海子更是将很多人对于诗的印象定格于"青春时刻"。这些,确实是天才的火焰和光芒。

但伟大的诗人,一定是集大成者,无论青年、中年或老年,都会杰作频出,高峰迭起。还是说杜甫吧,青春时代的"会当凌绝顶,一览众山小",中年的"国破山河在,城春草木深",再到后来的"窗含西岭千秋雪,门泊东吴万里船",晚年的"飘飘何所似,天地一沙鸥""无边落木萧萧下,不尽长江滚滚来",哪一首不是一挥而就,震古烁今!

但为什么中国新诗一直停留在其青春期?我想过这一问题,原因极其复杂,既有历史的,也有现实的和诗人自身的。

首先,这与中国现代性的曲折有关。百年中国多灾多难,时运多蹇,频繁的战乱、洪水、地震和社会的急剧变迁,诗歌的艰难积累建设不断被破坏中断,过了一段时间又得重来。二是诗人们自己的原因,诗人总是想充当时代的号角,但时代在不断转变之中,为适应时代,诗人急起直追,但也无法跟上步伐,诗人无法安心下来专心诗意的雕琢,荒废了手艺。三是中国现代性尚在进行之中,指望仅仅百年的中国新诗走向成熟,独自创立巅峰,可谓痴心妄想。想想古典诗歌吧,从屈原到李白、杜甫,可是有着千年深厚沉淀千年变革创新的。

所以,百年新诗仍在行进之途中。但希望亦在这里,正因为尚未完成,就有自由,有空间,有潜力,就人人皆有可能成为当代李白、杜甫。自由诗,这新诗的另一名称,恰恰道出了其本质。自由地创作与创造吧,未来一定是你的!

诗歌就是自由的象征啊,未来、前景、希望,都在这自由之中!

"青春回眸"诗会创立于2010年,是《诗刊》"青春诗会"的升级版,是《诗刊》打造的又一个诗歌黄金品牌。青春诗会,在中国诗坛已占据太多的神话、传说,被誉为诗坛的"黄埔军校",被誉为进入诗坛的"入场券"。但其实,青春诗会应该只是青年诗人在诗坛的第一次亮相,应该说还只是一个开始,一个不错的起点,但后面的路还很长,还远不是结束,更不是顶峰。所以,"青春回眸"诗会的入选标准是:年过五十仍持续地保持着活力和创造力的诗人。这,才是成熟诗人的标志和象征。这,也才是中国新诗逐步走向成熟的漫漫长途之中艰难跋涉着的一支支劲旅。

　　百年新诗，也恰好走到了"青春回眸"的时刻，在经历向外学习消化西方现代诗歌、向内寻找吸收自己古典诗歌传统精华之后，又经历了向下的接地气的夯实基础的草根化阶段，如今，是到了融会贯通向上超越的时刻！寻找中国新诗自身独特的发展道路和精神面貌，是中国新诗自由、自发、自觉的自然之路，是创造性转化创新性发展的必然之路。而这一切，都将在"青春一回眸"之中展现！包括中国气质、中国气派、中国气象等。

　　所以，"青春回眸"历届诗会的诗歌选本，必然有更繁华的风景，等待你去尽情欣赏，那是当代诗歌最壮丽最宏伟的风景！

目 录

CONTENTS

总　序　　李少君：当代诗歌的"青春回眸"时刻 …………… I

2018

曹宇翔
代 表 作 · 祖国之秋 ………………………………………… 04
新　 作 · 永定河星空 …………………………………… 05
随　 笔 · 从军旅诗说起 ………………………………… 14

余笑忠
代 表 作 · 二月一日，晨起观雪 …………………………… 18
新　 作 · 木芙蓉 ………………………………………… 19
随　 笔 · 仙境与神明 …………………………………… 25

梁积林
代 表 作 · 夜宿华藏寺 …………………………………… 30
新　 作 · 卜水 …………………………………………… 31
随　 笔 · 西域书 ………………………………………… 37

卢文丽
代 表 作 · 现在让我们谈谈爱情 …………………………… 42
新　 作 · 庭院 …………………………………………… 44
随　 笔 · 我是一株诗歌植物 ……………………………… 52

姜念光	代表作·星斗记	56
	新　作·金黄	58
	随　笔·又一次迎面而来	65
郭金牛	代表作·纸上还乡	68
	新　作·一朵白云，正准备变黑	71
	随　笔·诗歌将我一分为二	78
李浔	代表作·擦玻璃的人	82
	新　作·和草在一起	83
	随　笔·孤独是诗的良心	91
王若冰	代表作·怅然之夕	94
	新　作·雪后	95
	随　笔·行走的意义	103
杨梓	代表作·西夏史诗（节选）	106
	新　作·开合	108
	随　笔·汉语更能抵达诗歌本质	113
李云	代表作·苍凉	116
	新　作·瀑布袈裟	117
	随　笔·坚守底线的写作	126
东篱	代表作·雨中怀人	130

	新　作·徽州的月光	131
	随　笔·世事沧桑话鸣鸟	140
韩闽山	代表作·哑巴死了	144
	新　作·背影	146
	随　笔·从一个人的原乡走进世间万象	152
姚江平	代表作·这些草	156
	新　作·祈祷	157
	随　笔·诗歌是人生最大的福利	165
琳子	代表作·观赏	168
	新　作·夏天的夜晚	169
	随　笔·所有的种植都黑暗	176
第广龙	代表作·苦杏子	180
	新　作·水	181
	随　笔·走路与写诗	187
张二棍	塞罕坝上吹拂生态诗歌风	189

2019

杨克　代表作·我在一颗石榴里看见了我的祖国 …………… 196
　　　　新　作·我的中国 …………………………………… 198
　　　　随　笔·"青春回眸"依旧少年心 …………………… 203

剑男　代表作·上河 ……………………………………… 208
　　　　新　作·孤独的湖水 ………………………………… 209
　　　　随　笔·诗人是什么 ………………………………… 216

池凌云　代表作·玛丽娜在深夜写诗 …………………………… 220
　　　　新　作·他们在下棋 ………………………………… 221
　　　　随　笔·诗的治愈或万物的朦胧愿望 ……………… 227

汪剑钊　代表作·冬至 ……………………………………… 232
　　　　新　作·伊雷木湖 …………………………………… 233
　　　　随　笔·诗歌的意义蕴藏于人性 …………………… 239

树才　代表作·单独者 …………………………………… 244
　　　　新　作·我猜 ………………………………………… 246
　　　　随　笔·谈谈"节奏"问题 ………………………… 252

安琪

代表作·极地之境 …………………… 256

新　作·舞狮少年 …………………… 257

随　笔·再出发，从漳州安琪开始 …………………… 263

谢宜兴

代表作·我一眼就认出那些葡萄 …………………… 268

新　作·嵩口时光 …………………… 269

随　笔·诗歌随想录 …………………… 274

鲁克

代表作·任何死亡都与我有关 …………………… 278

新　作·西风里的柴米豆 …………………… 279

随　笔·诗是我的药 …………………… 283

宝兰

代表作·水乡女人 …………………… 288

新　作·古树茶 …………………… 289

随　笔·又是一年春风 …………………… 295

天界

代表作·浩荡 …………………… 300

新　作·月见草 …………………… 301

随　笔·而光亮，仍是光亮本身 …………………… 309

林秀美

代表作·从根部到花瓣的距离 …………………… 312

新　作·倒悬的春天 …………………… 313

随　笔·浅论诗歌与现实 …………………… 319

田湘

代表作·练习册 …………………… 324

	新　作·空船 ………………………………… 325
	随　笔·宝物 ………………………………… 334

南书堂	代表作·临河而居 …………………………… 338
	新　作·礼物 ………………………………… 339
	随　笔·捡煤渣 ……………………………… 345

刘伟雄	代表作·乡村 ………………………………… 350
	新　作·唱歌的海葵 ………………………… 351
	随　笔·藏在心中的诗 ……………………… 357

李晓梅	代表作·沼泽 ………………………………… 362
	新　作·大雪 ………………………………… 364
	随　笔·大河与河床 ………………………… 369

黄尚恩	聚焦"闽东之光" ……………………………… 372

2018

青春回眸诗会

诗刊

曹宇翔

1957年生,山东兖州人。著有诗集《纯粹阳光》等。

祖国之秋
<u>代表作</u>

今日你徒步走进秋天的广场
深秋了，天已转凉，菊花开放
风把四个湛蓝的湖泊运向空中
空中，缓缓驶过云霞船队
空中，雁翅划动季节的双桨

用歌声迎接大地起伏的歌声
在澄明的秋天你看见所有人
城市，乡村，太平洋的波浪
甚至看到你远逝的童年，祖母
干草垛，一个孩子摇响铃铛

这原野、河流，这落叶、果实
每天，广场升起一面旗帜
每天，土地长出一轮光芒
一切都是值得的，内心幸福
你笑了，想起曾有的一个梦想

谁能不爱自己的祖国呢
　"祖国"，当你轻轻说出这个词
等于说出你的命运、亲人、家乡
而当你用目光说到"秋天"
那就是岁月，人生啊，远方

新作 永定河星空

写给下姜村的借条

村子所有人家窗子都是画框
镶着云霞,翠岭,生活的笑声
借你东边天际线上红色犁铧
翻耕出,我内心时有雾霾的蓝天
借村边凤林溪荡漾的
曙光洗脸,露出明亮本真面容

我刚从北方来,雪飘大地
澎湃万绿潮水般退去,树杈
露出黝黑鸟巢礁石。借你千枝花
插在我生活的城市双鬓
借山峦起伏的万丈绿意、
铺在,冰封河流,雪覆屋顶

借村里铁匠铺炉火,大锤小锤
打造生命的欢乐铙钹。借老酒坊
竹节酒浆,乡亲眼神里待人的
热情、真诚,借晨露晚岚、山巅明月
彩霞裁缝爱情窗帘,心灵桌布

阐述诗意生存，精神的还乡

祖国的村庄，感谢你的慨允
这一切沁入我的身心
这一切，将改变我的生活
林间的鸟鸣，鲜嫩红日
山水教育，美和大地的滋养
催促我，开始一个崭新人生

小䴘䴘之歌

金溪河抖开一匹绸缎
绣在碧波上的会鸣叫的花朵
细雨蒙蒙，像一片片飘浮的斑斓落叶
在伸手可及的水面，在我回首的
凝望里，凫游着陌生之美

此刻大地湿漉漉安静
绿伞撑起滴答雨声，笔画古意
弥散大自然气息的名字
小䴘䴘，巴掌大毛茸茸的小
旁若无人的小䴘䴘

会飞不善飞的鸟儿，跟随
一摇一摆的鸭群，到岸上人家住一晚

一颠一颠似娇憨幼童,又回到
水上乐园,亲近人类的小小水禽
没什么能将它们惊扰

它们求偶的样子多么有趣,一起
扎入水中又浮起,面面相觑,摇头晃脑
向对方送上礼物:一小撮水草
背上驮着雏鸟,潜水时挟在翅膀下的
样子,大地一片祥和

小䴙䴘,翠绿山水的逗号
省略号,此刻是山水衣襟一枚枚纽扣
静谧之泉小小按钮,我在金溪河边
流连,只觉得心灵向天地敞开
生命里涌进无以名之的喜悦

一卷绿水青山,富丽之书
小䴙䴘,自顾自地潜游、玩耍
顿时让天地万物灵动起来
芦苇,杂草,水边草丛中的浮巢
这世界,如此俱足、完整

永定河星空

刚才永定河对岸的山冈
翻了个身,又泥团般酣然入梦
山坡上校舍,旧时营房
今晚我和同伴们住在这里
午夜无眠,悄悄走到楼下空地
我要看一看久违的星星
一抬头,一天星斗又大又亮

没有被光污染的史前星空
在这边,在那边,灼灼之花
细碎花瓣,星星被清水一一洗过
星空的穹庐,盛大的歌咏
像世界中心又似大地尽头

我真切感到脚下的地球在旋转
脸颊微凉,有嗖嗖风声

星光照着岁月也照旅人
青春的梦想,鬓角微霜
几十年我游历了沧桑大地
而星星还在原处竟一动不动
天幕之上该是怎样的另一个世界
星星针孔透出神秘光亮
懵懂人类未知的时空

未见众神踩着星光软梯

从天上降临，也许已降临

只是看不见他们面孔，当夜色

潮汐般从山野和我内心缓缓退去

他们一转身扮成一条河

哗哗流淌，扮成一棵树若无其事

扮成一只鸟，在枝头啼鸣

内心迎进一棵巨树

怀抱千载，层层叠叠年轮

荡开一圈圈涟漪，一条站立的

苍翠河流涌向天空，鸟儿谛听翅下

斜逸绿枝，细小支流潺湲水声

天空半圆树冠结出红霞朵朵

百鸟啁啾，阳光从巍峨树身倾泻而下

方圆百里交响乐剧场

红豆杉，罗汉松，绿涛和鸣

一条陡峭、向上的大路啊

树梢摩挲梦幻祥云，那里一定是

天与地的衔接处，一条大路通向天外

勃勃红日，天地之心怦怦跳动

走过森林小镇，歇息傍水人家
托旅途邂逅之福，你与一棵巨树合影
日精月华，春绿秋黄古雅叶片
你的内心迎进一尊巨灵

你的内心耸立一棵参天大树
世界顿然一新，一种神奇力量
涌入身躯，这大地之力、岁月之力
人生负重之躯，昂然挺拔姿影

万物帮助人类生活，生命
与生命相互认领、眷顾，风吹来
枝丫是一所学校虚掩之门，在地球家园
在一棵巨树下，我们都是儿童

窗外流过芹江

在酒店阳台，足足两个小时
我观赏夜色芹江，丰饶大地明亮琴弦
璀璨山城，滨水木屋，夯土别墅
灯影细波弦音，柔曼回响

时间慢下来了，手表秒针嘀嗒
这一声与那一声之间，缥缈空旷

花牵谷樱蕾,江边的山叫作凤凰山
水底累累青蛳,闪烁墨玉之光

记得傍晚当地诗友说起家乡
如数家珍,枇杷节、亲水节、豆腐节
锣鼓声声,乡亲喜庆节日
突然在两岸暮色里,如花绽放

清晨离开收拾行李,若有所失
到底遗忘了什么呢?又走上阳台
把一切看进心里,江面飘起薄雾轻纱
青山振翅,飞来一只凤凰

千岛湖献诗

苍翠群山托起溢美之湖
一幅山水名画挂进你心灵的长廊
岸芷汀兰,环湖嵌着迤逦花边
水中湛蓝天空白云起舞
微风吹拂,谁在那边歌唱

岸边蓊郁森林,绿岛灿烂花树
茶园,阔叶林,长尾雉
白秋鹤……你心里默念它们名字
远近一阵鸟鸣,花枝颤动

像是应答,又似张望

多么美!粼粼波光铺向天际
隐约看到水下千年古城
谁曾在那里生活,石雕砖刻,炊烟
此刻鱼群游过庭院,阒静街巷
红霞飘落,挂在古代酒幌

毗邻就是白居易《轻肥》的衢州
当你刚想起"是岁江南旱"忧患诗句
两尾红锦鲤跃出水面,如生活门楣
喜庆春联,那诗该是鱼的前世
溅起噼啪水花,泼湿夕阳

多么美!在电站大坝你看到雄劲
碧浪翻卷之力,不是狄兰·托马斯
  "通过绿色导火索催开花朵的力量"
当夜幕降临,山顶群星闪耀
它催开光明之花,照亮远近城乡

在这湖光山色中兀自沉醉
湖面映出你的童年,少年,青春
波光洗濯曾尘土飞扬的人生
舀三瓢浸透阳光的清水
灌溉心灵干旱僻壤……多么美

紫藤花开

这纷披的溢美之枝悬浮大地

你凝神的目光吹来一阵微风

嘤嘤花香,丰腴多汁的美

一个孤单少年从记忆里走过

谁被往事的藤蔓,又一次缠绕

记住那些面容是记住岁月

人生旷野,百感交集的际遇

蝶形纷繁的花是你说出的话语

频频举起这碧萼的杯盏

饮遍尘世爱恋的美酒

今日我们感念上苍的恩典

攀缘,向上,梦在枝头绽放

紫蓝长裙飘曳,缀满群鸟啼鸣

蒙尘的倦容浇淋了花瀑

青葱的初心,跃然于远方

啊,春天。哦,生活

随笔 从军旅诗说起

伟大的祖先们太厉害了，诗歌"九段"高手灿若群星。他们流芳至今的伟大诗篇，其中不少是军旅诗，或说是边塞诗。那不是去游玩，不是现在人们常挂在嘴边的诗与远方。那是残阳如血、白骨乱蓬蒿的清除边患的荒凉沙场。他们许多都是勇于担当、具有家国情怀的热血男儿。打开唐诗宋词，我们能捡拾几筐马蹄铁、边关冷月、长河落日。他们不仅写得一手好诗，更能铁骑横槊，我们至今还能从他们诗篇的字里行间，听到咴咴马嘶、寒夜宝剑的铮铮之声。

现在，军旅诗内涵和外延都有变化，但不论如何变化，它的家国情怀、主动赴难的英雄主义精神，这些最基本的东西不会变。现在虽不是冷兵器时代，但我个人感觉，再先进的武器，比如导弹、最新型战机、传输图像和声音的卫星，都是人的四肢、目光、内心力量的延伸。什么都离不开人。新诗，包括当代军旅诗，离不开人的心灵、人的精神。

古军旅诗，高适、王昌龄、王之涣的边塞诗，笔力雄健，气势奔放，洋溢着盛唐时期所特有的奋发进取、蓬勃向上的时代精神。一个国家，有一支强大的军队，有英勇的军人，人民生活会安宁、踏实、放心。军旅诗是人写的，作者的精气神，肯定会贯注诗中。特色鲜明，元气丰沛，气度、格局、襟抱，肯定会与那些从纸上到纸上、从观念到观念，或小情小调的同质写作有所不同。一个强盛大国，应有自信、豪迈、壮怀激烈的诗章。

我有时想，一首诗若无新意，宁愿不写。世间鲜花盛开，不缺我这棵白菜。一首好诗带有作者鲜明的生命气息,带着他的体温和心跳,不论语言层面,还是人生经验层面,都有不可复制的独到特色。好诗肯定来自生命、心灵,甚至来自命运和遭际,大都有让人怦然心动、光彩照人的诗句,或让人出神但又不可表述的复杂情思。这样的诗句让作者和其他诗人区别开来,性格饱满,撑起诗篇,看一眼我们就能认出他的面容,叫出他的名字。

余笑忠

1965年生,湖北蕲春人。著有诗集《余笑忠诗选》。

代表作 二月一日，晨起观雪

不要向沉默的人探问
沉默的缘由

早起的人看到清静的雪
昨夜，雪兀自下着，不声不响

盲人在盲人的世界里
我们在暗处而他们在明处

我后悔曾拉一个会唱歌的盲女合影
她的顺从，犹如雪
落在艰深的大海上
我本该只向她躬身行礼

新作 木芙蓉

暴雨中的低语

暴雨一遍遍洗刷着玻璃窗
我坐在窗前一动不动

远处，沉闷的雷声催促着什么
玻璃窗的另一面，愤怒的暴雨
犹如热锅中的螃蟹

夜里，闪电以其快速的明灭
告诉我们不要和广大的遗忘对视

夜雨像莫名的悔意。在我的梦里
晚归的父亲拖着浮肿的双腿
石头，带着它的伤痕
从高处滚落

我要瘦下来，像喜马拉雅之鹤
清空肠子，净其骨骼，敛息静气
为翻越
连绵的万仞雪山

木芙蓉

如今我相信，来到梦里的一切
都历经长途跋涉
偶尔，借我们的梦得以停歇

像那些离开老房子的人
以耄耋之年，以老病之躯
结识新邻居

像夕光中旋飞的鸽子
一只紧随着另一只
仿佛，就要凑上去耳语

像寒露后盛开的木芙蓉
它的名字是借来的，因而注定
要在意义不明的角色中
投入全副身心

废物论

我弯腰查看一大片艾蒿
从离屋舍之近来看，应该是
某人种植的，而非野生
药用价值使它走俏

艾蒿的味道是苦的，鸡鸭不会啄它

牛羊不会啃它

站起身来，眼前是竹林和杂树

一棵高大的樟树已经死了

在万木争荣的春天，它的死

倍加醒目

在一簇簇伏地而生的艾蒿旁

它的死

似乎带着庄子的苦笑

但即便它死了，也没有人把它砍倒

仿佛正是这醒目的死，这入定

这废物，获得了审视的目光

我们叫它……

我们叫它引擎盖，其实它罩着的不止引擎

我们叫它后备厢，其实它偶尔很满，多数时候

空空荡荡

我们叫它赛车

牧人说，赛马前马匹要有适度的饥饿

适度的饥饿也许同样适合赛车手

我们叫它过山车

它同时是一个形容词

伴有大幅振荡带来的尖叫
而面对一辆散架的车
我们只能叫它一堆废铁
它同时也是一个形容词
带有滂沱大雨中铁皮的喧响
以及炎炎烈日下野猫野狗的屎溺
从当道到曝于荒野，它以绊倒某人
磕破其皮肉
要我们称它为：铁骨

有赠

我嫉妒和你用方言交谈的人
因为你
来自伟大诗人的故里

毫无疑问，你的方言多少保留了
诗人用过的古音
"深固难徙，更壹志兮。"

因为你，我记住了一种花的名字
年年岁岁，它在古老的节日盛开
那花枝上，一簇簇红色的花
由下往上，次第开放
一种我从未见过的花：端阳花

或许，它在别的地方另有其名
但在诗人的故里，这名字恰如其分

原谅我
不能饮下更多的酒
因为我讨厌醉鬼的唠叨
哪怕重复的是由衷的赞美
还因为，我更乐于倾听
你的欢笑，你动听的乡音
"绿叶素荣，纷其可喜兮。"
我更乐于相信，如果你用乡音
祈祷、祝福，也许更灵验……

哦，乖

有时我们从梦中突然惊醒
像碰到了烫手的东西
有时我们在梦中短暂拥有的
像窃取的某样东西
而我们不复拥有的
像一只狗向你跑来
打听它的兄弟姐妹
或它们的
葬身之地

雨

每一场雨中,我看到的只是
雨的背影

它明亮的前额另有所属
我看到的只是拖泥带水
旋即进入大地的雨

我们在地上的日子何其短暂
每一场雨,都在为我们探路

那些被车灯照亮的雨
有着被惊醒的小兽的面容
而你,正是其中的一个

我所经历的每一场雨
是千万个不知深浅的你
一起赴汤蹈火

随笔　仙境与神明

　　唐代牛僧孺传奇小说集《幽怪录》里记有这么一个故事：在巴邛（今四川邛崃）有某人，家有橘园，因霜后，诸橘尽收。余有二大橘，有三四斗的罐子那么大。那人觉得稀奇，即令攀摘，轻重亦如常橘，剖开，每个橘子里都有两位老叟，须眉皤然，肌体红润，正面对面下象棋呢，身仅尺余，大橘子被剖开后，他们没有惊慌失措，而是照样和对方决胜负，玩得不亦乐乎。末了，一老叟说："我饿了，来点龙根吃吃。"但见他从袖中抽出一草根，方圆径寸，形状宛转如龙，头尾具备丝毫不差，边削边吃将起来，但奇妙的是随削随满。美美地吃完了，口含清水喷它，化为一龙，四位老叟一同乘上此龙，龙爪下排出云雾，须臾风雨晦暝，不知所在。

　　这个故事令人神往，封闭的橘子是一个具体而微的桃源仙境。

　　四位长者是快乐的：以对弈为乐，橘子被剖开后依然谈笑自若，但与决赌，不改其乐。四位长者皆为富豪：且看胜者所赢取的珍罕之物，有海龙神第七女的发丝，有绛台山霞实散，有瀛洲玉尘，还有阿母疗髓凝酒……都是平头百姓闻所未闻的。四位长者可在仙境与人间自由行走：对弈时在橘子里，取赌资时在青城草堂，想去别的地方还可以四叟共乘一龙，好不快活。当然，这离不开神器，四位长者是有神器的，至少其中一位有：袖中抽出一草根，饿了可以削着吃，吃完了口含清水一喷，就变成一条龙，因而四位长者能得神助，逢凶化吉。即便有小不快，他们的小小乐园在橘子里，橘子被人摘下了，剖开了，于他们终究无大碍，那可食可飞的神器可是桃花源里没有的。

当人们神往古典诗歌世界的时候，还有什么会比隋唐间巴邛那两个神奇的大橘子，以及其中的四个长者更能满足他们的向往之情呢？

其实，我们的古典诗歌遗产应该是丰富多彩的。但它的精神被歪曲了，它的世界被窄化了。无论是古典诗歌的崇拜者还是反对者，他们在这一点上并无二致，在他们看来，古典诗歌就是巴邛四老的这样一种境界。如今，很多诗人也有这样的一个古代灵魂，这样的灵魂注定是与当代生活格格不入的，因为那个橘子早就被剖开了，那个清净之境早就不复存在了，所谓新诗，就像一棵老树上掉下来的灰头土脸的孩子，不得不面对陌生而广大的世界，尝试发出自己的声音。

我们要学会与他人对话。我们与世界各地的诗人所面临的共同处境，较之我们同古典诗歌的联系更为真切。我们再也不能在那个封闭的精神世界里自说自话。

我们立足于此时此地。这是一个奢华而匮乏的时代，这是一个生活日趋同质化与精神价值愈加分裂的时代，对生命真谛的寻求何其艰难。无论是"世人车马不知处，时有归云到枕边"（唐人权德舆诗句），还是"挥一挥衣袖，不带走一片云彩"，这样的超越就像"风雨晦暝，不知所在"了，对今天的我们而言，很难说还有多大的意义。寻找生命的真谛必然会基于我与他人的联系，与世界的联系，与自然的联系，与文化的联系，与文明的联系。这样排列下去真如层层涟漪。但所有这些联系必须回到人之为人如何根深蒂固。

《世说新语》里有这么一个故事：

大书法家王羲之的族孙王惠，有一回去看望王羲之的夫人，王右军夫人时年九十高龄。王惠问她："眼耳未觉恶不？"王右军夫人的回答可谓振聋发聩："发白齿落，属乎形骸；至于眼耳，关于神明，那可便与人隔？"意思是说：头发变白，牙齿脱落，那只是身体上的事；至于眼睛耳朵，却事关人的精神， 怎么可能因此而同人世隔绝呢？

　　这就是生命的真谛，也是诗的真谛。诗就是我们的眼睛和耳朵，它们关乎神明。

梁积林

1965年生,甘肃山丹人。著有诗集《河西大地》《西北偏北》《部落》《梁积林的诗》《神的花园》等。

代表作 夜宿华藏寺

风，赶着一群群羊群似的雪雾
爬乌鞘岭。那边
就是河西走廊……

……下半夜了，老店铺里
有两个碰杯的藏人，还没有把一盏灯光干光

尾脊上又跳下了一声响。而
檐角上挂着的那块
月亮，被风吹得
响了一个晚上

新作 卜水

旷野上。一只鸟从我的头顶飞过

大片的葵花已收割完毕。没有马

只有一丝风骑着一把二胡驰骋在西域

再大的旷野也是一块田地

再小的心也是一个国度

羊的眼睛其实是两枚图钉；它吃草；它咩叫

把自己钉在了深秋的这个早晨

阿尔的太阳，好像敦煌

一声鸟鸣飞过我的头顶，仿佛颤音

一句话也像是一次反弹琵琶

一片竹柳，也像是

另一个国家

每一片云彩都是一个飘动的经幡

每一个葵盘都是一柄金黄的灯盏

时间啊，"当"的一下，仿佛生命中不可或缺的

又一声颤音

山中：正午的神

那是一排排羊圈，那是一个凿水的人
一排排神的脚印在深山中
羊咳嗽，羊搭篷

一只黄鹰扑住了一只小鸟似乎一次部落之争。那么
那些塔塔尔人呢；那些蔑儿乞惕人呢；那些畏吾儿人呢
大片的丹霞丘陵，仿若驻扎了很久的蒙古大营
我突然就想起了你，想起了当世的一句低语
像是那只看我的羊突然撩起的眼皮
其实是正午的神，给了我
一个小小的偷觑

献 诗

白唇鹿。草坪。
隔间屋里的猎人。
我教你劈柴。我教你汲水。
放飞的老鹰落在了你的手掌里。
小木屋的墙上写着几个旧体字。
我把它翻译成了新私语。
一辆火车去了乌鲁木齐。一辆火车去了青海。
覆满苔藓的礁岩上。
铸着一尊青铜。

白唇鹿。河流上的帆帜。

小白银。

芦苇芦苇芦荻飞

风又吹动了，用大片的芦苇吹弯了这个早晨

两只鹭鸶交颈嘶鸣

说着他们世界里的秘密：黑夜和爱情

或者他们什么都没说，只是啄了啄喙唇

蹭了蹭长夜一样的脖颈

风吹栈道飞速远驶仿佛从我的身体里抽出的

一根捻线

绕上另一个卷轴白塔水车吱吱咛咛

芦苇芦苇芦荻飞

大雪的年轮像新婚

卜水

鸟鸣，还有马车走过的铃铛叮叮

露水打湿的脚印，像一行归来的船队

欸乃着我们的心跳之声

卜水。阳光的手，从每一棵桃树里打捞出

一盏粉红的灯笼

请占卜一下吧
一朵荷花里有几世的忠贞爱情

卜水，卜每一个早晨，也卜每一个黄昏，像
谢默斯·希尼[1]，爱尔兰的卜水者
打着手臂的火把寻找的人
水就在你们的身体里滚滚洪流

拾级而上
云南普者黑，卜水精舍，能摸到星星的地方
摘云，摘星
还可以摘一枚金币一样的月亮
占卜来生

鹰

阿拉善盟，蒙古高原的上空
一只鹰的翅膀上究竟能驮动多大的寂静
它盘旋，它俯冲，它蛰伏
突然就唳了一声

一个人的思念也不过如此
一个人的伤心也不过如此
一个人的遁世也不过如此

1　谢默斯·希尼，爱尔兰诗人，诺贝尔文学奖获得者，著有诗作《卜水者》。

一匹走出沙漠的双峰驼

昂首,孤傲,挟带着我身体里的冷峻

看鹰

看一粒太阳的舍利

巴特尔,或者就是那个叫布仁孟和的牧人

我喜欢什么来着——

从左旗到右旗

五百多公里的距离

就是那个有六十八度酒一样烈的人名字

琪琪格,红

红琪琪格

鹰像太阳,太阳

像鹰

宁夏:中卫

走进它

我依然,最先想到的

是锯疼我骨头的西夏

且不说改变了我爱情观念的没藏黑云

且不说,创造了西夏文字的野利仁荣

我的怀念，仅限于
沙坡头的天空下
一只老鹰后面紧跟着另一只老鹰
唳叫声
像是它们各自挥着一把时间的大锛
挖什么掘什么不要紧
但不要战争，不要杀戮
只要，哪怕是一根渡过黄河的芦苇也行
捎带来落日的红唇

锯就锯吧，爱也是一种疼
地斤泽里
一定有我的恋人
她在捻线，她在描图
她从黄河的墨斗里抽出了一根思绪
测量着，西夏到现在的距离
测量着，从甘塘到甘州的距离
测量着，一粒枸杞到一滴血的距离
测量着，心与心的距离
测量着，我和你

中卫啊，命运拐弯的地方
沙梁上那人
地轴，转动胸膛

随笔 西域书

一

至于西部嘛，我能说出很多很多，而脱口而出的是喀什，是哈密，是念青唐古拉，是沱沱河，是墨脱，是祁连，是库库淖尔，是敦煌……是艾提尕尔，是布达拉宫，是塔尔寺，是拉卜楞寺，是罗布林卡，是哈尔盖，是德令哈……

当一列火车行驶在河西走廊，惊慌了一群牦牛，四溅，而后又是诚惶诚恐地调头回转，凝视，那夹杂了小小疑惑的眼神，像一束跳动的火苗，惊险于新鲜的蓝里。是谁突然说了一句"天下白牦牛，只有天祝有"，那是在天祝，在天祝的乌鞘岭大峡谷里。——在那儿，我曾看到一对藏族夫妇，斜侧着身子在草滩上，顺着草茎睃视，那样的专注，我的询问使他们坐了起来。哦，原来他们在挖冬虫草呢。他们说一阵藏语，说一阵汉话，我大多都听不懂，但，知道了那媳妇是从青海娶过来的，"搓着黑泥巴，说着青海话"。而满坡的枇杷花是白的，成群的白牦牛缓动在其中，远远望过去，分不清哪是牛哪是花。马牙雪山像一匹白马在长空里饮水嘶鸣。我曾在那儿夜宿华藏寺。

二

玉树、茫崖、那曲、可可西里……有这样一些地名你念一声都是那么的富有磁性，让你心跳，让你神往，让你的血脉战栗。难道这不是一种神谕吗？你把这些所有的地名串起来，肯定是一挂洗练你被欲壑污浊了的心灵的念珠。"唵嘛呢叭咪吽"，玛尼堆，玛尼堆，经轮橐橐，经幡猎猎。

不是吗？当一列火车穿越星星峡，穿越黎明，对面坡上有一个炊烟升腾的小村，那就是你梦牵魂绕的达坂城，马群痴迷于清晨的啃食，草尖上的露珠，一闪一闪的，就是神的脚印。马莲离离，头顶的月牙像是一块和田白玉。——不是吗？不是吗？它就颤坠在你的胸前，为你祈福……诗意的赐予！

三

　　一匹白马在阳关伫立。摩崖舞蹈，岩羊奔跑，一只盘桓的苍鹰好像历史的心跳。夕阳仿若时间交给时间的一枚金币，买下了这大片的戈壁、荒凉和孤独。而我，就是那个牵马韧镫者，又是驾驭者，穿越血管的隧道，嗒嗒声，是一次次对自己心灵哀矜的叩问和虔诚的叮咛。

　　我可以在讨赖河边洗洗发白的睫毛，我可以在一个西域女子身边如同展延的灯焰睒动一下疲惫的心跳。当我站到嘉峪关城楼上时，西风烈，马鬃山上下大雪。长嘶一声吧，在这孤悯的时刻如果没有一声醍醐灌顶的长嘶，我只能抽出身体里的一声叹息，让惆怅落满弓刀，而后，咳嗽一声……又把这柄叹息的弓刀重重地插进了身体的鞘里，策马前行。策马前行，扼腕啊，且与自我告别扬鬃。

四

　　今夜，我在敦煌。我听到了"敦煌"来历之一说，说是"敦煌"是"吐火罗"一词快速念法的变异，你就多念几遍吧。那些从石棉矿上下来的民工是不是吐火罗后裔。沙埋着沙，月牙泉好像是一位罹难者无法闭合的眼睛。

　　我又听到沙梁那边的驼铃声了，"当，当……"如上天的檐水，如大地的浸露，一下下滴入沉睡人空寂的梦中。

　　我还遇见了一位从黄泥堡过来的裕固族诗人。他说他是一路西行，到土耳其去呢。他长发披肩。他发蓝的眼睛。他喝醉了的时候抱着一把三弦在三桅山下叮咚。（就像是祖先对他一次次的叮咛。）……点燃篝火啊，是他一次次打开了流浪的家门。

五

感觉赐予。感觉惊醒。感觉扯断长路的叮咛。是一种专注，是一种缘由。是怅然， 是怅然之后的希冀。感觉驼峰，感觉雪塬。感觉雪塬上阳光的射线在岬角、在岭侧一次次变幻着的彩色光圈。感觉瞬间的缈远。感觉是一把弦在骨头上的粉碎。我感到此时的我是一个盲者，仰望天空，而后低头沉思， 深深的泉眼里流出两行烽燧，在鼻翕下交汇。——是一次情感与情感的握手；是一次思想与思想的砥砺。是抑扬，是顿挫，是刺心的疼痛的美。

是沉默对沉默的反哺。是生命对生命的敬畏。

卢文丽

女，生于 1968 年，浙江杭州人。著有诗集《无与伦比的美景》《亲爱的火焰》《礼——卢文丽诗选》《西湖印象诗》。

代表作 现在让我们谈谈爱情

现在让我们谈谈爱情
像谈论一个朝代，一个谜
谈论锦瑟、百合或夜莺
宇宙中无法描述的事物

它具有流水的线条
青草的高度
冰与火的双重气质
它是个体的神秘镜像
生命中难以承受之相似

它是拂晓前的天空
日落时的投影
它是从未说出的部分
许多人活着
却从未遇见的部分

它是词语的变奏
字里行间的荒凉
幽居者的宫殿
比赞美诗更神圣

比墓志铭更久远

现在让我们谈谈爱情
像谈论一场早年下过的雨
一门濒临失传的手艺
一个比幸福更孤独的词

新作 # 庭院

空寂

冬天的无患子树看上去比夏天冷静
正如进入腊月的茶花笑靥出奇姣好
山道上，背翅缓步的白尾雀有着哲人气度
空中缓缓飘过的白云像旷野上投射的俳句

冬天，万物遵循自己的法度
迟桂花依然吐露清冽的心曲
谦虚、内向的栾树以落叶护卫根部
它叮当作响的灯笼早已为飞鸟记取

冬天，诗人返回桌前
在大雪到来前
倾听草间弥生的旋律像最后的蟋蟀遁入空寂

大 寒

林中鸟返雀巢
山涧雁渡寒潭

冰层最厚瞬间

触动回暖意念

枯坐者稳定到老
浪迹者已赤足半生

最冷的季节已经到来
万物被看不见的事物牵引

山崖上,鹰隼的目光疾如闪电
一只毛茸茸的小鸡雕啄春天坚硬的蛋壳

所有美好的事物都将翩然抵临

这阵飘忽的风温柔又疲惫
像风尘仆仆的行者历经长途

它吹过低矮的屋檐和王侯的高墙
让天井废弃的柱础长出养眼青苔

它唤醒做梦的耳朵,地下的荠菜
让家家户户,小窗灯明,沐汤燃香

它的衣袍宽大,沉静舒展,所到之处
万物像一件件被细细擦亮的银器

它给迟迟未雪的南方捎来一枝红梅
命令樱花桃花杏花梨花们加紧排练

用不了多久一场永恒的盛典即将来临
大地燃烧的歌声让人类今夜无法入眠

它带着似曾相识的气息也吹过你
让你双目微闭，心头滑落两滴鸟鸣

念及物华天宝，斯世足堪留恋
所有美好的事物都将翩然抵临

每个季节都有该做的事情

太阳似灼人果实
悬铃木在道旁默立
锯子歌唱着森林
雏菊在傍晚松了口气

躁动的永远躁动
缺席的依然缺席
星星在山谷上闪烁
想说的话依然藏在心底

每个季节都有该做的事情

就像你

一言不发地把水烧开

把纸铺平

静候万里之外的鸟群

时光从未走到尽头

雨总会如期而至

盲者在风暴中起舞

所有幸存之物都将重新获得辨认

拥 抱

我拥抱世界

世界也拥抱我

我拥抱心爱的百合

也拥抱镶着银边的闪电

家 园

你又回到这里

回到初始的家园

最后的栖居地

淡淡炊烟宛若弥撒

笔架山搁浅湮灭的理想

七星八斗包容被放逐的想象

你将在此安营扎寨

深居简出

听月落乌啼

看平沙落雁

将每一个霜降或春分

吟成长调或小令

把远山望成陶弘景挂袍的神武门

把桨橹听成谢灵运带花的木屐履

坐在桥头等候夜幕降临

像一个告老还乡的人

等候芙蓉、苍坡、岩头、蓬溪、鹤盛、溪口、屿北、林坑

这些早年造访过的村落

像一盏盏亮起来的红灯笼

被唐诗一照

在水中映成了两个

故 居

有人拾级而上，有人还在张望

初春，目光的轻衣翩若游魂

越来越细微的骨骼

于黄昏的尘埃中弥散

寂寞如初，寂寞的陈设闪烁光阴

仿佛曲终人散的瞬间

不朽的寓言，滚烫的书信

追逐落花而去

一轮翡冷翠的新月

收敛蓝色通透的天顶

春天在又一个屋檐下苏醒

像水的痕迹，比血更刻骨：

我们为什么丧失了一生安宁？

风声环顾四周

又向远方飞去

仿佛戛然而止的命运

膝盖上的滑翔

与旋梯深处的叹息一致

二月，树梢挂满露水

后花园日渐消瘦的歌声

在人间变冷

庭 院

谁能解读命运的魔法

废墟或奇迹，人工或天然

谁能解读一座庭院的黄昏

梅花的暗语，比石头更经典

雨提供抒写的意念，胸中块垒
穿透暗淡书房和千秋诗卷
猝不及防的欲念
构成劫后余生的痛饮
像她惊讶的一瞬：
一场比春天更脆弱的阅读

风是一双游移的手
于满目疮痍之间兜兜转转
雨水深处，红尘止息
一曲旷世的行板
打动暮鼓与晨钟

谁能解读生命中的一场旅行
像一滴雨遭遇另一滴雨
像一座庭院此刻高贵的孤寂
呵
最后的亭台楼阁
最后的小桥流水
最后的良辰美景

没有屋顶的房子

这样的夜晚，即使在梦里也会惊醒
雨水像一些陈年往事

闪现，发着骨髓的幽光
你听到透过岩层的风
如何将冥和的躯体轻轻吹折

你不能确定这是真的
就像许多丧失已久的歌
你知道在时间中谦卑地生活
有助于延缓日渐衰老的记忆
你试图重新爱上这个世界
就像爱上一场古老的骗局

这样的夜晚，即使在梦里也会思念
雨水落下
像一首微微发凉的时光练习曲
烘托夜气与火焰似的鱼群
而你几乎已伸手触着那句梦呓：
我的房子没有屋顶
雨水落进我的心里

随笔 我是一株诗歌植物

我是一株由南方的雨水、天空和梦幻孕育的诗歌植物。

十六岁,在老家读高二时,我写下人生第一首诗《永恒的注目礼》。之后,我的文学创作和取得的成绩,无不与我所生活的水土密切关联。

随着年龄的增长,我渐渐发现,自己在无意识中,其实也一直用诗歌和文章,向这个世界清晰地表明我的来历,犹如一棵向上蓬勃生长的树,不停地用枝干、叶片和果实,向天空和大地彰显自己的来历。

童年乡村的基因,西子湖水的滋养,赋予我丰沛的诗歌灵感,也构成了我诗歌的抒情基调,无论是徜徉村间田野,还是行吟西子湖畔,家乡的山川大地,阳光雨露,孕育和滋养了我。我反馈给它们的,则是无数犹如新雨一般闪烁着南方汉语光泽的诗句。

我始终认为,诗是有情世间的产物,是美的集成。诗是优雅、生动和飘逸。诗是自由、纯净和包容。

诗是音乐,是舞蹈,是湛蓝天空自由翱翔的飞鸟。诗是洁净,是本真,是高山之巅慈悲精妙的雪莲。

诗是礼,是道,是法度,是生命的修行体悟。诗是爱,是暖,是宗教,是人类灵魂的良知。

诗是激越与柔情并重,明媚与执着同在,悲悯与感激共生。

诗,是巴金老人称之为"让人变得更善良一些"的东西。

我很高兴此生能够遇见诗,而诗也遇见了我。写诗的过程,就是一种进化的过程。

诗歌使我不矫情,不趋时,不追逐,安静地笃守文学的纯洁和本真，用植根于大地和雨水深处的语言，与大自然对话，与隐秘的灵魂交流，坐看花开花落，望春风。

在此意义上，我认为诗是穿越尘世后的苍茫与宁静，是尊严被唤醒的丰沛与充盈，更是来自灵魂深处的淡泊与高贵，它传达出一个写作者最为核心的凝重——那是一种感恩，对生活，对爱，对生命自身。

姜念光

1965年生,山东省金乡人,著有诗集《白马》《我们的暴雨星辰》。

星斗记 〔代表作〕

连续四周我读了五本诗集。
除了拍案,大声说"啊"或者"嚆",
我还没有合适的方法为它们叫好。
我知道跟在后面是盲目的,
我试试,能否驱赶纸上的豹,
或石头里的凤凰,超到前面去。

"诗歌犹如急雨、好酒与快棋。"
同样的,"诗歌是一种慢",
需要用上巧劲儿,
才能让生命线穿过心灵的针眼。
更奇特的是,你得不断地站下来等,
才能不被甩下太远。

对于自我的缺陷和空虚,对汉语,
他们熟稔到了可以和顽石谈心的程度。
但是,句子们起跳的踏板在哪里?
可能我太着急了,太想出其不意。
走过分水岭,不一定就能换一个人吧。
快与慢的区别,也许没有那么大。

我猜,诗与非诗的区别,并不在于

能不能给石头插上翅膀，

而是要看，石头能不能自己飞出去。

这里，我要在松弛的长句中让一个异乡老人插进来。

晚年的歌德散着步走上峰巅。

石头就此不见，但星斗出现了。

新作 **金黄**

如何用诗歌表达赞叹

太准确了，刀斧手使了一个眼色
太轻盈了，石匠捏着一把汗放下锤子
太生动了，在石板上屠宰羊和鲜鱼
太勇敢了，蟋蟀跳进火中表演格斗
太活泼了，歌舞团旋转的石榴裙
太好听了，鹦鹉吃着火锅唱着歌
太温暖了，耶路撒冷像一个偏见
太整齐了，背靠背的锯齿雪亮地坐着
太镇定了，盲目的睡佛开着火车
太圆满了，泼掉脏水留下了孩子
太美好了，茶话会一浪更比一浪高
太光荣了，请把烧红的烙铁放上来
太幸福了，笑着，忍着疼痛，不出声

玉兰树下的费尔巴哈

多么大方！开放的玉兰树
像一位好脾气的、芳香的女人
她来自造瓷工场
翻开了崭新的《诗经》逐页来读

多么优雅！湿润的顺从，洁净的女性

酒杯和韵脚起起落落

收拢"一切自然事物的总和"

肺活量鼓舞着甜蜜的敲门声

多么俊美！在春风中

白马满树，扬起蹄子翻飞

出于"自身的全部原因",

用这样的修辞，赞美自我和他人

多么皎洁！可以把它放到诗里

当作一个光源。如果变成鱼

就是甩动的白鲢，如果拟人

就是一直渴求的明月般的心灵

忽然到来的安静让人纳闷

仿佛钟表匠，从人生里铩羽归来

在松软的泥土上安家落户

昏睡的人又被远方来客一一唤醒

多么明亮！在诸神的黄昏开放的玉兰树

"我与你的会合处是上帝"

仿佛一颗守株待兔的幸运星

在一个儒释道并举的苍茫国度

要等到傍晚时分，你才恍然大悟

逾不惑，自供诸事

我有过两次暗恋
第一次，写了三百封书信
第二次，写了九十首情诗
一头犀牛就这样默默养成

我进过三所学校
在红色的，我用火苗批阅八股
在白色的，我学会礼拜和作揖
而蓝色的空中，出现了打太极的老鹰

我玩过五种型号的步枪
七斤半的少不更事
八斤半的寸土不让
九斤时，怒从心头起恶向胆边生

而在长达十年的时间里
我反复梦见同一匹狼和同一匹马
并终于，教会了它们使用语言。
我们围坐在一起，讨论天下和人性

曾让得意的蚂蚁，从大象身上寻找命运的拐点
怀才不遇时，也向夏虫语冰
半百之数，皱纹里有一些折腰的痕迹
另有一些雷霆炸出的暗坑

这可能就是我，怀抱不平但一本正经

始终心有巨石，锦衣夜奔

跑得四蹄滚滚却一直在原地

并终于从野兽的身量中提炼出人形

金黄

已经到了这样的时候，金黄

十一月的丰收的金黄，自我的金黄

告别的金黄，挽留的金黄

往事低吟的金黄

也是背过身的、失望的金黄

曾经在春夜里激越的，而今

被束之高阁的金黄

曾经从血液里飞奔而过，又

各归其所的金黄

果树们肩膀靠着肩膀的金黄

平息了不安的蜂群的金黄

热爱词语的警惕的金黄

思想和伤病一步步逼近的金黄

目光久久注视的肉体深处的金黄

燃烧过整个夜晚的灯芯的金黄

佛祖坐化的金黄

从工匠和牺牲者当中意外现身的金黄
多年的沉默在一个中午提起来的
金黄。不是用来叫喊而是
用来忍的，疼痛的金黄。不是用来忍
而是用来流的，泪水的金黄
被证明可以不跪的膝盖下的金黄
咬着牙的、最后咽下去的金黄

已经到了这样的时候，金黄啊
不再呼救了，羞耻心！多么安静

在跑步时谈人生

每一次，都以为是独特的体验
每一次都发现，与上次几乎雷同
开始时脆弱而又沉重，好像
青涩的枝条坠着铅砝码
之后将变得轻快，满足，似乎得到了
一直渴望的弹弓
运气好，就会有两个弹弓
其中一个像开花的棠李自备氧气
第二个，翠绿的松树
顾盼自如，切换着僧侣和情圣
每一天都可以跑上六公里，都可以
穿琢一颗珍珠，或者
写出一首诗

但是一个人只有一生，只有一次机会

所谓命运，公平是一杆秤

在汉语中也可以表现为一个天平

你的就是我的，我的就是你的

一边在放弃，一边在觉醒

抽时间给你写封信吧

写出鱼。鱼

在手腕上忽闪，鱼

在动脉里游泳

我不会再把它放回大海去

写出图钉。图钉

按在掌心，只占祖国中的一小块

只要人类中的一个人

不共享，不公开，远离集体

写出蚕。蚕

像一个柔软的病句，埋头

在一片绿树叶上面

不见泰山，不识抬举

慢慢地抽丝，慢慢地纯洁

慢慢地，让自己好起来

写出盐和雪

立誓的盐和无尽的雪
教导山河，在秋千上坐下
不由自主地摇晃充满音乐的身体

冬夜独坐，有所思

天，很久没有下雪了
我，很久没有喝酒了
毫无来由地想起喜马拉雅和云南
这么高远，又这么亲切

像是屈膝对坐，被一双金色的眼睛静静地看着
像是面朝神龛展开笔记，但是不写
像是有许多心里话，但是不说

像是寒冽的冬夜一块劈柴，挨着壁炉
在堆满书籍的书架旁舒服地烤着火
像是面包芳香，刚刚做好

我知道外面，是无边的月明地儿
马蹄声越来越清晰的时候
这时候，像是
雪有了，酒也有了

随笔 又一次迎面而来

我依然清楚地记得二十岁时的一件事。那天，我从外面漫游半日返回住处，迎面碰上一位年约五十的男同事，斜挎着背包，手里拎着说不上是青菜还是衣物的什么东西。我礼貌地同他打过招呼，错身而过。我知道这个面色苍白、眼光浑浊的男人，患有胃病，工作和生活均乏善可陈。当时心下忽有一种怜悯和讥诮，轻狂无礼地想：这平庸无聊的五十岁男人，他活着有什么意义？随即意识到，自己也会有五十岁的一天，心下严厉地告诉自己：不，我肯定不会这样！如果到了这般年纪也是如此，一定要毫不犹豫自我了断……

如今我已经过了这个年纪，所幸还在兴致勃勃地活着，少有那种强烈的厌弃感。之所以如此，可能与我常用这件事来提醒自己有关，尤其在颓丧和消沉的时候。其实最重要的原因只可能是文学和诗歌——它被我设定为终生的志业，并且一直在设想一种以写作为支点的理想生活——它宽敞、亮堂、清晰简洁、从容不迫。很难说这个理想在多大程度上实现了，却总是能及时地抵御失望和悲伤，让我在空虚和懒散之后重新找回自律。

岁月流逝，不可避免地带来了消磨和摧毁，同时也锻炼了通透、坚忍和成熟。我还在写诗，更投入地写但不再问自己为什么，因为我知道写作本身就是向上的阶梯，追慕自己的同类或比自己更好的事物，去享有一个个理想闪现的陶醉时刻。我还在阅读，并且明白，可读的书很多，但真正需要读的书有限；值得关注的当代汉语诗人仍没超出字母表的数字，除非出现更年轻的天才；得用更多的精力去读柏拉图、三五位小说大师、几位中国古典作家全集。我也在跑步，用十公里奔腾复习青春，体会内啡肽河流暴涨，水花四溅，身体里再次杂花生树，而心眼中虎目闪闪。

当然，更重要的是可以直面衰老，放下对丧失的不甘和对消失之物的勉力挽留，安然接受青春不再、面目模糊、日益变丑的现实，把对外貌的自怜转向对知识的追慕，仍有所欲，仍有所爱，用语言的艺术，修炼和保持一种博雅天真。如此，我便能充满勇气地面对自己的身体、精神和生活，面对历史和世界，让一切孤独、逝去和悲痛，成为一种自由的、明净的、灿烂的、诗的到来。

郭金牛

1966 年生，湖北浠水人。著有诗集《纸上还乡》。

[代表作] # 纸上还乡

一

少年，某个凌晨，从一楼数到十三楼。
数完就到了楼顶。
他。
飞啊飞。

鸟的动作，不可模仿。

少年划出一道直线，那么快
一道闪电
只目击到，前半部分
地球，比龙华镇略大，迎面撞来

速度，领走了少年
米，领走了小小的白。

二

母亲的泪，从瓦的边缘跳下。
这是半年之中的第十三跳。之前，那十二个名字
微尘
刚刚落下。秋风，

连夜吹动母亲的荻花。

白白的骨灰，轻轻的白，坐着火车回家
它不关心米的白

荻花的白
母亲的白
霜降的白
那么大的白，埋住小小的白

就像母亲埋着小儿女。

三

十三楼，防跳网正在封装，这是我的工作
为拿到一天的工钱
用力
沿顺时针方向，将一颗螺丝逐步固紧
它在暗中挣扎和反抗
我越用力，危险越大

米，鱼香的嘴唇，小小的酒窝养着两滴露水。
她还在担心
秋天的衣服
一天少一件。

纸上还乡的好兄弟,除了米,你的未婚妻
很少有人提及
你在这栋楼的 701
占过一个床位
吃过东莞米粉。

新作　一朵白云，正准备变黑

花苞，开得很慢

花苞，开得很慢。
慢，太慢了，小小的女儿，上到小学三年级
需要九年的流水
陪着我，不舍昼夜

在异乡，发生的这一切，都是值得的。

雁过也。
我师从候鸟，练习搬迁，在出租屋内乘船
在床上流浪。
江湖一词，我一试深浅
有两处存在危险。

贫穷
与
疾病。

唉，世事无常。

阿朱，春天及杏

阿朱，你有亚洲的皮肤
和中国的红
《诗经》里，有许多植物长成你的样子，比如
艾蒿、飞蓬、旱柳、桑陌、芍药、郁李、桃夭、芙蓉
不知为什么，她们都在黑夜中开出鲜花、出嫁
其中
一枝红杏
与我共用春天的气候，茎和叶长得多漂亮啊
嘿，阿朱。
瞧
她的手
从墙那边偷偷地长到我这边来了。
你的哥哥在行刑队当上了中尉。

秋风引

秋风吹过渭水
就割开了渭水薄薄的皮肤
痛得她飞起来

小飘
秋风爱惜她的小性。
羽毛。

和我。和眼泪。这是最小的海洋,它有着
秋天叙事的
美学
它有着盐的质地。

一种液体,保持整个秋天的谈吐。
刚才,你还是初中女生的样子
小衣衫上,一株植物的碎花
开得比较均匀。
吐出新鲜的、细小的氧气
她怎么会这么美。

她怎么会
把雪白的刀子往雪白的手腕上划。
像个坏光景中的人
尖叫。
操湖北口音。

陈小橘

小橘,见字安好。笔起处
长江水,流经楼下的水果店,流经
湖北省

水。
洗过脸上的小雀斑并没有消失。

报纸盖住的长江水并没有消失。

海上生蛾眉。

她在镜子里，观察对面的女子描眉擦胭脂
一弯白银的柳叶，白色的香味。
突然
江水，开出一朵

白百合。

事件的起因、经过和结果
涌现出来：

青丝，绾。青丝，落。我目睹过这万缕
千丝。
你肯定不知道

将名字忘记在水面上的人，身子
会突然变得很轻。
很轻。

一朵白云，正准备变黑

一朵白云，正准备变黑。

您看，广东省地界
两只蚂蚱，一前一后，进了石岩医院
既像兄弟，又像秋虫。
是的
瘦的
小名唤作三郎

三郎
秋风起。
落叶凉。此刻，你不是那个铁打的汉子
福尔马林漂白了你的男低音

主诉：
现病史：
既往史：
文字、符号、图表、影像、切片。
从此
三郎是路人。

兄弟。一只金属肺的形成，这该有多难啊。
李小惠的前夫死后
秋风似乎不会消停。

十支朱红

张。一个四川女子,与我一起
一手拿着米粉
一手拿着工卡
在春天的减法中,奔跑。

嘀嗒、嘀嗒、嘀嗒
卡钟走路的声音听起来很轻巧
加起来就是一天,一月,一秋
加起来
剩下

一个湖北人
在工业区门口,用一碗素食米粉
填饱一只胃

保持 404 大卡的热能
保持从早晨八点开始啤机
至零点,不倒下。

一个四川人
七月,衣裳薄。
七月,流水薄。
七月,皮肤薄。
七月,官田制衣厂,加班的灯光薄

裁剪机的刀锋薄。
哎呀

十支削葱根
十支朱红
十支小红河
十支疼痛,在奔跑。我不敢抬头
多看一眼
要人不害怕一群小河流
已不可能。

随笔　诗歌将我一分为二

诗歌总是将我一分为二：一个郭金牛拥有善和良知，另一个郭金牛塞满欲望和卑污。诗歌之于我个人，已成为我生活中的一部分，它就像日常的盐，一点一点地渗进我的身体和生活，使我具有两种活法和两种世界，诗歌，未辜负一个人的诗意：我的世界因此变得更为阔大和自由。

当代中国的现实是几亿农民工在流动，从西到东，从南到北，这种巨大的流动就是一个"漂泊场"，它诡谲诗意，时时凝聚在词语上，例如，"打工""漂泊""乡愁"，这个时候，如果将这些词简单理解为一个"词"是不恰当的，它是一个时代，一部浓缩的历史。在深圳，我漂泊了二十余年，做过建筑工、搬运工，摆过地摊，做过工厂普工、仓管等工作，尽管从事着多个工种，但我一直反复经历着这些地方：深圳市、宝安区、石岩镇、罗租村……一直以来，我对深圳的印象停留在"他乡""工业""乡愁"与"疾病隐喻"这些词语之上，现在，我又在深圳的金融、科技、城市建设迅猛的列车上，来不及思想。

我的诗，大都来自我在外省二十年的生活，我所经历过的每一条街道、每一家工厂，或一砖一瓦一砂石，那里，留下了我的汗水、泪滴，或者我的血迹。正因为如此，深圳这座城市留下了我的体温和气息，包括青葱岁月、野草一样的年华。从年少开始就有"诗人"这么一个虚幻身份，我从老家来异乡，在多个城市漂泊，这正是一个少年"诗人式"的浪子情怀，它隐在我的天性之内，在我写诗的时候，这个身份就显露出来了。

迄今，我的诗歌多是书写小人物，对一群小人物的书写，试图打捞一个时代沉积的历史，所现者，细小；所未现者，巨大。

如果有人问诗人，你写诗有什么用，这是对他自己的一种侮辱，诗歌不会给生活带来一砖一瓦、一沙一石、一花一草，但是，她会给恶带来善，给罪带来救赎，给卑污带来良知。

任何时候，诗歌因"无用"而打开更大的世界；因"拒绝有用"而充满了力量。

我一直相信：一个人、一座城市、一个民族、一个国家，会因为诗歌而获得新高度。

这是我现在对诗歌保持尊敬的理由。

李浔

1963 年生，浙江湖州人。著有诗集《又见江南》《擦玻璃的人》《独步爱情》等。

【代表作】 擦玻璃的人

擦玻璃的人没有隐秘，透明的劳动
像阳光扶着禾苗成长
他的手移动在光滑的玻璃上
让人觉得他在向谁挥手

透过玻璃，可以看清街面的行人
擦玻璃，不是抚摸
在他的眼里却同样在擦拭行人

整个下午，一个擦玻璃的人
没言语，没有聆听
无声的劳动，那么透明、那么寂寞

在擦玻璃的人面前
干干净净的玻璃终于让他感到
那些行人是多么零乱
却又是那么不可触摸

新作 # 和草在一起

对一座山安静的兴趣

远远看去,这座山非常安静
但有人告诉我那里有未知的风景和凶险

想了解一座完整的山
我必须要认识这里的媚俗的花,牵强的
无条件的阴暗面,树叶错位中的天
它们各自偏安一隅,独立又完整的寂静
让我左右都不能安静

一只飞过的鸟,让完整的平静有了裂缝
有人在另一座山上,看见我所在的山
那里,有被自己的寂静吓了一跳的人

我好像要软弱了

看看吧,被抚摸的猫多么温驯
它眼里的世界,有着人间的温暖
你还看见,被祈祷抚摸过的人
无骨、无铁,他有着绵延的微笑。

面对这一切,我好像要软弱了

那里不需要有山，有河，有凶险
不需要传说中被围观的坚强。
看看吧，风在耳边有没有骨
脾气会不会拐弯
这深奥的问题，像铁一样的声音
最终会落在无骨的想象里。

一致性

老虎出没的地方，草都有了沙文主义的倾向
你看，受到倾轧的，长不高的那株
刺痛了我的脚踝，高一点的那株，它割破了
我指向远方的手指，而我也踩死过许多蚂蚁

在这片林子里，所有的树根缠绕在一起
仿佛本是同根生的亲密，一出土
就有了不同的天，仿佛在接地气的土地上
只要有了红花绿叶，凶险才显得好看了些

三伏天

三伏天已没有远方了，血无处可逃
体内那颗老于世故的心，沉坐在想象之下
像潜伏在河边的老村庄
很多年前，远方的路只在身上走了一圈
回流的血就彻底忘掉了上游

如今太阳太毒,知了太吵,无知的人血性太多
往事浑浊,想象炎热难忍。刮痧吧
直到那片牛角骨刮过你平静的表皮时
一身的罪过已被血刨过

浪漫一刻

要坐了绿皮火车才能到达,也不能太快
要看得清沿路的模样,来路才不会走丢
要蓝天白云的空隙间,时刻有他的尾音
你还要什么?旁人的耐心是一只青蛙
有季节性,有强迫症反弹,还有无缘无故的鼓动性

浪漫已到了这种地步,环境恶劣
夹紧双腿,手躲在口袋里,唯恐碰动天机
你浪漫之中,走捷径,走回了童年
留下一堆人都在说,有一个人巧立名目
游自己的山水,挥霍自己的情感,杜撰自己的亲人
还不该弄反了大家固有的安居乐业的好习惯

和草在一起

一棵无人辨识的草,终于高过你的膝盖
再高一点的地方,只有蚊子
它们幸福地飞翔
吃牛血,喝露水,看夜慢慢长大

和草在一起，你开始潦草起来
不关心远方，不赞美风花雪月
在缺少人气的夜里
听虫子叫着亲爱的朋友
和草为伴，这一切都和人无关
你随着风一次次放低腰身
终于感到再也不会无地自容

六月的布谷鸟

你走过一个村子，两个村子
许多个村子，那些水稻、蚕豆长势极好
布谷鸟跟着你，一直叫唤着
布谷，布谷，这密集的声音
还真让你有点惊慌失措
你想，现在唯一可播种的地方
只有自己的立足之地。有时就这样
像播种这样的好事，也会让人
头痛，顾虑，甚至让你无处可逃

苍白词

没有月亮的时候
我就敲敲那只老银盘
这苍白的声音
响亮而且会传宗接代

有月亮的日子

我的面色稍微好了些

在苍白中苍白

我只是坏掉的一部分

在明亮和苍白之间

人间的悲欢，无非是

月亮像一枚老纽扣

系扣在贴胸的内衣上

有时，掉在来路上了

这个时代的耐心

去年的桃，过冬之后仍不沾荤腥

今年的荠菜花，小心得像一个初入江湖的劫匪

这些，不像是一个节日的场境

但这是实景。春天了，鱼当然知道

那个血压偏高的人，会犯晕

会像那条河，怕有太多的路和桥

许多年前，牛郎和织女的私房话

有一错再错的语法问题

素，是有传统的。像灶房的那捆木柴

不言不语，守着小白菜过清白的日子

你知道，桃会开花，会在有人的眼里

花瓣，也是河边的磨刀石，能磨去赏花人的耐心

时间谣

吮着手指,看鱼游过童年
这条河已有了太多的浪花
倒影中的天,比眼里的天更懂得享受年幼无知
再往前走可以看见少年
绕道而来的桥,让路分岔或者碰壁
疾步如飞和时间赛跑,一天天把风声磨平
现在你终于看见岸了
让白发长在手指上,指认到天黑为止

救赎

总有人不近女色,左右开弓
用偏锋回信,射落了
成片的蹄声,却救不回
开疆拓土的旗手。
总有人站得高,看得远
手中的戒尺,又宽又长,
吓坏了草木,惊醒
别人的不舍。
忘了也是一件好事
隔河相望,还有人
用松弛的斜影,钓夕阳
没人说话,虫在天涯

领口上的西北风

又聋又哑。

没有人会怀疑，无视无觉

是铜墙是铁壁，不会冷

不会眩目，更不会

对别人说出，

要羞愧一辈子的：救赎

泛浪漫主义殇

自从我种了荷，这一湖碧水

蓝天白云已沉入湖中，天不再是天

而是一张宣纸，上面有前世或来世的荷与花

自从我想起藕，浪漫的饥饿者

会离我而去，他搅动水的样子

撕破了倒影中天地间仅有的封面

哦，是藕。它让水有了扎根的念头

让相信可以分开理想与现实的人

都有了藕断丝连的天地

陆上的水手

爬惯了浪尖的水手

现在安静的山里,草和树无聊

鸟与风散漫,昔日勇士走过的路

因腐败的落叶已不忍落脚

在海上无数次眺望过的山

有着如此松散的前景

面前的山,深远而迂腐

陆上的水手,从登山开始

已有了晕船的感觉

同林鸟

早起的鸟,隔夜的问候仍像露水一样清爽

让天空在露珠的反光中有了动听的高度。

晚归的鸟,把蓝天压在翅膀下

让每一片树叶窃窃私语,让梦在鸟巢中发芽。

你看,一只失败的鸟

它在稻堆上,再也飞不动了。

再看看,一只成功的鸟

它有足够的耐心能让万念俱空的辽阔每天

亮起来。

随笔　孤独是诗的良心

　　一个真正的诗人是要耐得住寂寞，要有主动孤独的想法。我一直觉得潜心阅读和写作同样重要。在否定中否定，在变化中变化，让变成为一种力量。我关心的是要把诗写得冷静，回到内心，把诗写得凝练，回到诗的本质，把诗写得实在，让诗回到良心。

　　就我个人来说，从吴方言到普通话，从汉字阅读习惯到网络的全球化，我面对的是强大的成熟的古汉语，同时也要面对年轻的现代汉语。这对当代的汉语诗人来说注定是尴尬而暧昧的。现代汉语的发展毕竟只有百余年历史，放弃了千锤百炼的成熟的古汉语，变换一种新的语言（现代汉语）表达方式，我认为这不是一百年能解决的问题。中国新诗的一百年，产生了各种各样的诗体，各种各样的探索，有全盘西化的诗，也有新格律诗，中西交融的诗，更有翻译体等等，这就是百年新诗尴尬所在。

　　我觉得诗需要地域语境，这样才能正确表达内心。地域文化会影响诗人的气质，一个人的习惯是难以改变的。我从小生长的江南，小桥、流水、雾、吴歌，它们已是我的一部分了。吴方言天生有一种美感，有着轻柔、轻盈、精致的小家碧玉式的语境特征。我认为使用吴方言更能正确表达我的江南情绪。为此，用吴方言情绪审美也可以或多或少避免以北方语言为基础的现代汉语描写江南事物的陌生感。

　　诗要简单，尤其是要化繁为简。诗是不需要有更多技巧的，诗是语言与情感的艺术，一首好的诗歌必然有着语言的力量，但更要有能共鸣的真情。我觉得要用直观的，没有杂质的情趣来完全表达自我观点。所以我一直认为，诗的语言要干净、简单、直观。二十多年来，我所追求的是能够从容地在不同的语境中穿梭，构建各异心境，让读者感受到外柔内刚的诗歌现场，力求诗中充满对事物和生命的敏感和独特的发现，在语言构架上追求言简意深的境地，可以呈现哲理和抒情相融的追求，绝非仅仅是语言上的单线开拓。

在对诗的追求上，我关心现实生活，重视语言探索，反感那些脱离现实的纯语言探索者。我认为诗应该像流血一样有疼痛感，不仅看得见，也要让人感觉到。

王若冰

1962年生,甘肃天水人。著有诗集《巨大的冬天》《我的隔壁是灵魂》。

代表作 怅然之夕

你来的时候
一片又一片雪花掠过额际
这座古城
在除夕的雪夜里异常宁静
我们面对飞雪
想起了关于我们的事情

涂成白色的树木
就像我们的生命
笔直而绝望
我们把酒杯举起
又无声地放下

新作 雪后

闪电

这样犀利的闪光
比山上滚下来的雷霆
更加令人心悸
比转瞬即逝的繁荣
还让人惊慌、沮丧

闪电,暴风雨来临之际
黑暗与光明
锻造的火焰
它让大地无法自制地震颤
甚至波及了我内心

高山、丛林
被昏暗遮蔽之后
一道闪电的力量
到底能让有限的快乐
持续多久

拟或,闪电掠过之际
还有多少眼睛
能够饱含热泪

说出我们期待中的
爱，和痛苦

在云浮，我看见了玉

在云浮，我看见那么多石头
挤在一起，脱光
黑夜的污垢
把它洁白的肌肤
滑润的心脏
裸露在这一天天苍老的人世

秋风的手掌和美人的裙裾
在十月的灯影里摇曳
也在这些炼狱中脱胎换骨的石头
清澈温润的光晕吹拂下
趋于一颗露珠的纯洁
一块玉佩的高贵

在云浮，与那么多少女般
纯真无瑕的石头在一起
我想在菩提树下静坐打禅
在白云和月光下赏菊吟诗
我更想借一掬西江之水
把堆满尘垢的灵魂和肉体清洗干净

那么多赤裸裸的石头

捡拾起人间最后一粒温暖的光芒
如果没有一颗玉一样清澈透明的心脏
没有一双生长鲜花和爱情的手
我们将如何打开一块石头赤裸的内心
尘埃中酣睡的宝藏

在云浮拜谒六祖慧能

当我爱上芦花、秋风和明月的时候
菩提树上落满了觉悟的星辰
当我移步向南，追随一册古老的经卷之际
北方大地已经秋风怒号，遍地黄叶

多么辽阔的人世啊，荷花开败了
沉静的水塘接纳了闪光的云朵
灯火熄灭了，还有一颗见性成佛的心披星戴月
在泥泞的尘世怀揣明镜，逆风前行

一棵树

如果一个人的脚步
踩着深夜的煤渣
闯入你的梦境
说明有一棵树
已经在你体内
生根发芽

油菜花：虚幻的繁荣

此刻，我只想这遍地金黄

不要被风吹走

也不要被雨淋湿

我只想这翻山越岭的暗香

能够如我怀念多年的箴言

穿过一张铺展在东汉年间

薄如蝉翼的麻纸

把爱、幸福和春天

书写得更具体一点

我的日子，不需要那么多黄金照耀

也不需要太多的黑暗

让我藏而不露的孤寂

比一叶花瓣落地的声音更加沉重

在这遍地金黄的夜晚

只要有一丝转瞬即逝的光亮

一只手的温暖，一朵

飞过秦岭又飞过汉江的云

我就能够挽留住这即将从南方

奔走北方的馨香

让我随波逐流的日子

不至于要在这虚幻的繁荣里耽搁得太久

在韩城过黄河

如果没有这一抹白线
有谁相信,天和地之间
还有一条姓黄的河
也和我一样在人世间奔走

如果没有一座姓韩的城
厮守黄河右岸一轮歇脚的落日
我们又该如何分辨司马迁笔下
分久必合,合久必分的秦和晋

雪后

雪融之后,我要在落满枯草
和落叶的山坡,插一行杨柳

枝干朝上,柳叶朝下,山坡上
闪闪烁烁的残雪,是月亮的伤疤

我要带上春天的药膏,为冬天疗伤
为云层上面的雨水,开凿一亩方塘

对毕加索《弹吉他的男人》的中国化诗情诠释

我知道，那些弯下身躯

低下头颅的花草

带着清晨的露珠

黄昏的忧伤，要活下来的时候

它也看到了，蚂蟥、毒蛇和药品

游弋不定的幽光

并不是只有闪烁的光芒

才能阐释黑暗和黑夜

一个人孤独的背影

一盏油灯风中的叹息

有时候比一个花团锦簇的春天

一个流水悲秋的黄昏

更容易让人拥抱住泪水

和一句断肠人在天涯的古语

迟疑不决

没有什么。一个人是一生
一群人也是一生

只是兄长走后
果园里的秋风就起了
父亲走的时候
枯黄的落叶

也踩着咔嚓咔嚓的积雪

来到我体内

让我回家的脚步

更加迟疑不决

我开始惧怕回家

从去年岁尾

一场大雪落下来之后

我开始惧怕回家

我害怕那条在半山上

弯来扭去的山路

把我的忧伤都带回老家

我害怕一片盛开的苹果花后面

兄长坟头残留的白雪

让我回忆起所有的欢乐和痛苦

我甚至惧怕在兄长苍老的镜框面前

跪得太久

在日渐苍老的父亲面前坐得太久

我担心回家的路上

被一场猝不及防的雪花

匆匆带走的兄长

至今还在村口的打麦场上瞭望我

在洒满阳光的宅院等待我

在袅袅上升的炊烟上面关心我

七夕

如果非要把一种情感
交付给一个日子表达的话
那些黄昏的裙裾下
迷途不返的芦花
那些被秋风吹拂
抓不住大地衣襟的草屑
那些劈柴做饭
打工谋生的劳作者
将如何腾出一双皲裂的手
握住墙角一片白霜般的月光
让日渐冰冷的时光
在苍茫人世升得再高一点呢

过了秋分，所有的日子
都一样漫长
淋在雨里的花草
仿佛看到了世界的末日
晚归的麻雀
也在薄暮的树梢上踮脚瞭望
七月初七，这个以夜晚命名的节日
像一截朽木上绽开的新芽
它被暮雨淋湿的苍翠
让身披草叶的蟋蟀
鸣叫更加凄清
也让灯影模糊的夜晚更加空旷荒凉

随笔　行走的意义

　　已经十多年了，一有时间，我就激情亢奋地收拾好行囊，迫不及待地驾车一路狂奔，孤身一人往人迹罕至的高山丛林里跑、往天开地阔的荒郊野岭跑。

　　这种欲望与冲动开始于2004年盛夏，至今让我欲罢不能。

　　十四年来，我年复一年、乐此不疲地走遍了莽莽大秦岭无数纵横交织的高山峡谷、数不清的山乡村镇。我还满怀激情地追赶过渭河、汉江数以百计的干流和支流一路翻卷的浪花，在群山环抱的山林深处拥抱过一个又一个山月朗照的酣畅梦境，在当金山口和昆仑山口迎风伫立、仰面沉思，在荒无人迹的柴达木盆地、沟壑绵延的黄土高原、黄沙浩荡的塞北大漠狂奔疾驰过……更多的时候，我更像古旧时光如痴如醉的寻觅者和讨要者、沉迷自然山水的独行客和痴恋者，漫无目的地在荆草莽莽、遍地碎石的古城、古渡、古道、古村落、古河道遗迹废墟之间俯首寻觅，在天荒地老的高山丛林里徜徉徘徊。每至于此，面对莽莽群山、茫茫林海和群山林莽间闪烁而去的山溪河流，我原本沉默死寂的内心会倏然涌起如飓风席卷的阵阵波澜；我落满俗世烟尘的灵魂有如天光乍开，原本混沌昏暗的内心会骤然间天开地阔，一片澄明。

　　这样的经历与体验，不仅让我愈来愈明晰地看到了我应该接近、抵达、努力的写作新境，也让我愈益真切地体会到了生命本体与自然万物之间相互照耀的隐秘关系。

　　时至今日，这种刻骨铭心的行走体验，已经如日常炊饮一样和我的生命不可有片刻背离。更多的时候，这种一旦开始就不能停息的行走也让我能够确切感知我日渐皲裂破碎的生命还有激情的呼吸，我一天天孱弱苍老的心脏还可以自在跳动，我愈来愈为世俗尘垢阻塞的血脉还能够燃烧奔突的生活方式。而对于一个已经立志以自然山水为写作对象的人来说，这种貌似在形而上和形而下都充满诗情和诗意的行走，也让我获得、拥有并持续保持了一种有诗情和诗意陪伴的写作。

杨梓

1963 年生,宁夏固原人。著有《杨梓诗集》《西夏史诗》《骊歌十二行》。

西夏史诗（节选）

惊蛰

这是一场三月的雪
大片大片地落在惊蛰
清凉的雪随风弥漫
快要落到地面而又努力飞起
似乎承受不了来自虚空的力量
一任雪的泪水怆然而下

她记得踏上了回家的路
却怎么走到了山下
漫天的春雪充满白杨树的每一个空隙
放出白石内部的光
轻轻地不能再轻地簇拥着她
比宁静细小，比花香柔软

雪落在鸟儿的身上就跟鸟儿一起飞了
雪落在羊羔的身上就跟羊羔一起咩叫
雪落在桃花的身上就跟桃花一起盛开
雪落在她的身上就跟她一起哭在路上
雪落在地上就化了
只有草丛藏起一朵一朵的白

一匹红布

青草举过羊角的八月

如一个孕妇站在清水河的浮桥上

一片羊咩穿过大雨

清水河面野花盛开

须弥山上雪团滚动

他和瘦马拉着红布把羊群拦在坑内

十几丈长的门关住漏雨的家

多了一倍的羊只汇旋涡

他把眉头紧了又紧

没有一只羊滑下悬崖

却有一只羊,透过红布

从祖辈那里看到自己的血

新作 开合

戊戌春花

迎春花、桃花、杏花、梨花
还有海棠、丁香、白玉兰、郁金香
有的推后,有些提前

全都盛开于太阳升起之际
在银川,整个世界一片缤纷
却在黄昏遇上清明的雪

小暑

北方的树下还有一丝丝凉风
老鹰平展双翼,盘旋高空
地里已无麦垛,几只鸟雀飞来飞去
一畦韭菜开满白色的小花

麦秆笼里的蝈蝈,鸣叫更加响亮
一只黄狗趴在门口,伸出全部的舌头
牛在反刍,果树上的麻雀偶尔叽喳几声
喜鹊飞过院墙,云朵似动非动

在老家小院,坐在房檐下的台阶上

我第一次感到一缸水的平静，却难以言说

一杯砖茶，一碗长面，一碟小菜

一个炎热的正午，几句简单的对话

恍 惚

贺兰山间的一条无名小溪

是另一种时间，从太阳神的峡谷

叮叮咚咚地流向千里戈壁

我逆流而上，小溪却突然消失

难道没有小溪，只是我的幻觉

眨眼之间，耳边又传来溪水的另一种声音

我蹲下来，果然触到水的清凉

一捧溪水从指缝间轻轻滴下

小溪一直都在山谷轻流

突然消失的可能是我的感觉

是一秒还是五秒？或者此刻才是清醒

其余皆在你的梦里，包括清凉

形 状

水漏、沙漏都可以计时

但与时间的形状无关

且用一条小溪来比喻，但需要设计

一个把水变得像秒一样纤细的两岸

每一滴水滴下悬崖时
与另一滴水之间正好是一秒
六十秒的水滴汇到一起成为一分钟的水滴
然后跳下悬崖。如此汇聚

三千多万个水滴便汇成一年的水滴
三十多吨水该是多大的一滴
该怎样从悬崖滚落下来
怎样的大地才能承受这剧烈的一击

小溪依旧向东汇聚，流向今日
我在人群中向西而行，走向明天
蓦然回首，灯火阑珊，却没有一个人影
只有浩瀚无涯的海洋

开 合

这一秒大门敞开，下一秒大门关闭
在这一开合之间会发生什么
是一个人的离去还是一阵风的进来
或许不能确定大门是否开过

问题回到原点，可这一秒已经离开
像一个人离开了这个世界

他的大门从来没有开过,甚至没有门窗
也没有留下任何记忆。即使留下也是漆黑

而风可以从大门进来,从窗户出去
拂过树梢,经过楼顶,栖息在鸟的羽毛上
还可以在我的心里,掀起一秒一秒的浪花
然后,旋成另一时空的黑洞

在 此

秒不在,或者把秒抽出
那么分钟、小时就会塌陷
就像一堵墙,去掉构筑墙的砖
墙,仅仅是一个与历史甚至传说有关的词

对秒产生怀疑会延伸到秒的极致
最快的无量秒和最慢的无量年
就是对我自己的反思:肉体与灵魂
我在此,秒也在此,反之亦然

秒以人的生命形式而存在
只是常被忽略,没有看见树叶飘下
但一片片落叶已经铺满昨天
从枝头到大地,秒在树叶与落叶之间

在心

我指向什么才能说：这就是秒
用六十个排成一队的玻璃珠
质地、形状、色彩、大小都一样
但我的玻璃珠里还有石子
没有排列，只是一堆

这并不是说我的秒混乱不堪
而是我想到了一堆难以分辨的东西
像玻璃珠，但不是石子
更不是大豆、树叶、水滴或者火苗
从像到是，是永远无法抵达的距离

就像时间，我可以沐浴你的光芒
让你永驻心间，但你的心里会有什么
恐怕只有空。也只有空，连空也空
方能容纳所有——无数个平行宇宙
无数个无量年无限伸展的你本身

随笔 汉语更能抵达诗歌本质

诗是最高形式的语言艺术，这就有别于音乐、美术和雕塑等艺术形式；诗的特点在于简约、节奏、意境、可能性等，这就有别于小说、散文和其他文本。诗是什么，永远都在回答之中，但有一点可以肯定，就是离不开浅显而又深刻的诗性语言。诗性语言是物象内心化、感觉具象化了的语言，是具象与情思融合的语言。不管是中国的寄情于景，还是西方的"思想知觉化""抽象的肉感"，都是为了让普通的语言放射出诗性光芒。诗的语言是发自内心的有情之语，诗也就成了直指心灵的审美活动。

但各民族之间在语言上有着很大的差异，与英文相比，汉字是形音意三者合一、以意为本的表意文字；而英文是记录语音的符号，是以音为本的表音文字。汉语重意，是主观思想与客观事实的融合，讲究意义的指向；英文重形，意义贯通，形态对应，重视语法意义和逻辑关系。汉语以意统形，多是句内与句间的直接组合，缺少明显的衔接；英文以形统意，语法严谨，层次分明，很少歧义。汉语的结构是立体的、形象的、动态叙述的、实用性强的、突出话题的，注重思维的连贯，形散神聚，常以具体的形象表达抽象的内容，具有诗性语言的禀性，或者说汉字和汉语本身就具有诗意；而英文的结构是流线型的、符号化的、静态叙述的、多用虚词的、突出主语的，注重语义的连贯，衔接严谨，诉诸理性，具有科学性语言的特质。

尽管中西方的语言差异很大，但各个方面的交流一直在进行着。很多外国诗人深受中国古典诗词的影响，如庞德在《一位意象派者所提出的几条禁例》中，提出诗要具体，避免抽象，要精练，不用废字,不用修饰等等。他说一个意象要在转瞬间呈现给人们一个感情和理智的综合体,也就是说意象的形成意味着感情和理智融为一体。这几乎是中国古典诗话的另一种版本。庞德《在地铁车站》:"人群中这些脸庞的隐现,/湿漉漉、黑黝黝的树枝上的花瓣"(裘小龙译)是意象派的经典之作,但与马致远《天净沙·秋思》相比,只能说庞德从中国诗词中学到了"象",而没有学到"意", 或者说他未能将意象熔为一炉,未能将感情和理智融为一体。

汉语本身的歧义性自然会透露出隐藏于词语与词语、诗行与诗行之间, 可以感到却言说不清, 可以理解却解释不透的诗意,所以汉语更能抵达诗歌本质。比如"感时花溅泪,恨别鸟惊心",我们把这句诗解释为"感伤时看见花也在流泪,痛恨亲人离别连鸟鸣都很惊心", 便失去了原诗的简约、节奏、味道和诗意,完全感受不到原诗的一元之境。正如魏庆之所说"看诗不须着意去里面分解,但是平平地涵泳自好"。

从翻译的角度来考察,唐诗宋词与现代汉诗都有佳作,但唐诗宋词很难翻译成现代汉语,更无法翻译为其他文字,而现代汉诗可以翻译成任何文字,但还能"平平地涵泳"吗?把汉诗译为其他任何文字,其诗意都会被削弱,这使我们反过来认识到汉字所独具的特点、品质和魅力; 而其他语言的诗歌被译为汉文,我们从中能感到其民族的特点,感到与中国诗歌相异的内容和形式,当然也因汉语本身所具有的诗性为其增光添彩。

诗的语言一直被误解,被看成表现情感的工具。实质上,诗性语言并不是为了表现什么,而是为了清除挡在我们与真物之间的东西——一种我们知道却看不见的东西。

李云

1964 年生,安徽合肥人。

苍凉

<力表作>

该我做选择的时候，
灯光在选择黑暗，风在选择冬季
目光怎么就停在刀子的刃唇上
寒光跳动
心悸
其实，我一直暗恋刀柄的前身
胡桃木的香味漫过噩梦
只有在那里我才能飞翔
不要怨恨制刀者，他和我一样无辜

汽笛的链子总是关不了
一扇门里的忧伤，正如我降下眼帘，还有
飞蝇掠过，被剪裁的植物矮化成
精致的利己主义者，我还能说点什么

刀子怎么就插入墙壁里　扶着墙走的人
不只是我一人。光呀，一寸寸地暖着
一段段地冷去

新作 瀑布袈裟

在桃花潭畔看雾

诗稿撕碎
笺纸漂远

水袖抛出
一管深水静流

白衣人横卧潭边
醉酒的语词
白兰花的心事
弥漫江左江右

骨瓷片集体簇拥
月光在白天也汩汩淙淙
蚕丝或土棉
丝丝缕缕地在此晾晒
宣纸呀浸润水里

一半湿着还有一半也是湿着
这是怎样炫目的银白

我的手指多想

捉到那栖息潭水之上的众多白蝶中的一只

一抬手一切皆无
一抬眼
白蝶们纷飞

也学刻舟

我不过就是那位远古的痴人
相信流水不走，船儿不动
遗失的剑影能撞破江水
飞去就会飞回
刻舟求剑

此时，潭水之上
我也刻舟
仅求
落水的一袭白衫之白或太白之白
和一首短诗之短或时光之短
能浮升水雾之上
如果可以，坠入潭底的酒盅
青瓷之脆响和豪放爽朗笑声
都返回江面
或容我纵身一跃
介入此中
为你们

温酒、研墨、铺纸或摇舟
搀扶你们上船下船

企盼刻在时光之楣
深浅不—
一曲踏歌
一面酒旗

江水倒流，故人才能如新
酒壶返热，皖南山水真好
刻舟之求
如此纯粹

松针无数

松鼠和鸟　可能会数得清楚
用十指肯定是数不过来
松针无数

飞针走线
缝补山色溟
绣出一屏锦绣
天地间　细针密缕

拾一枚松针在手
或用竹扒搂集入筐

回家盛火

庸常的生活需要　松针
深扎麻木的穴位
激活一种激情
生存一种勇气

松针何时在悄悄地生长我不知道
松针无声地落我会听见
月夜梦里
牛毛细雨般地下　窸窣窗外

所谓金针度人
我不会等到
望满山苍松如盖似伞
南山　恳请让松针度我
走出焦虑的中年困境

瀑布袈裟

南山菩萨
通肩披挂
山水的平常佛事

甘露降临

妙音一路逶迤

遇树木　点化树木

遇山石　让山石有些心得

乱风舞动的草茎也有了顿悟

对于我只有一记棒喝

才会澄明和放下

袈裟抛起

佛祖一跃

入地狱之身姿

只要能解除苍生罪业

粉身碎骨也在所不惧不辞

山脚潭水处

千朵莲花时时绽放

佛光霎时升腾

得一滴水珠

就得一片袈裟宝物

开示刹那间

只是众人走过时不明其理

只当是一般风景看看

转眼间　忘了摄人心魄的轰鸣

金 属

涅槃的前夜，对！此时就是前夜
石头深情地对火焰说
蹈火而去我不会推辞
只是请让我保守石头的秘密
沉默是沉默石头的
守陵者
火焰炽烈，对！此时就有炽烈火焰

金属诞生
人间多了一种主义
多了诸多事端
让皮囊流出温热的动词
哪怕它霎时凝冻
对！金属就是这样诞生

抚摸这个冰冷
我一直迷茫
为何只有使用这种冰冷
才能把日子过得火热
金属是谁的奴仆
听话、无怨
认真、尽责
最好的属性是隐忍

你盼望锈的到来
一个女性的气息

多少阴霾的日子
如雄性动物盼望发情期
如昙花或铁树开花的快与慢
只有锈在时光引渡下
金属回归

或是尘土或是箴言
石头知道，对！只有石头知道

在陶中

大风新鲜
厚土翻开

你腹中遗存的水渍和灰尘
四散着往日传奇
破碎或烟湮

沿陡壁而下如临深渊
探望
追问都没有回声
踏入深谷的怨嗔
渗浸在罐底的足尖

有一丝弦乐和隐约的语词

在月亏的黑河里泊着

盛满家国的丰硕富贵

但愿如此这番

唯有陶自己知道

它行走在宫闱

还是乡野

是怎样奢华还是陋简

幽存地下

不如

裸露苍天白云之面前

陶器

不吐半句那年那月的秘密

张着大嘴

无声

士者的侧影

天桥在涧

西山左襟　南山右襟

天桥这只琵琶扣系紧左右

唐装穿起

涧水飞溅

浮云生猛
天桥　父亲端坐不动

沉思就该在这里
立于天界和凡尘之间
一个长长的引号
引你沉浸一派混沌
一次清静

桥栏杆拍遍
天上人间多少觉悟者能听懂
桥语　大音稀声

随笔　坚守底线的写作

　　显然，踏上诗歌之旅或者文学征程，就是踏上一个人的精神的"长征"，孤旅跋涉，需要顽强的勇气和坚韧的毅力，其实，文学创作及诗歌创作就是自己与自己过不去，自己与自己"掰手腕"，自己挑战自己的过程。韧劲是指一个人做事业的顽强持久的劲头，凡要造成一般事业者，缺韧劲不可举事。苏轼曰，"古之立大事者，不唯有超世之才，亦必有坚忍不拔之志"，说的就是这理儿。

　　我爱诗、写诗最根本的目的是用诗来洗濯尘世给予我的灰垢，保持思想维度和精神向度的纯正和清洁，我写诗的另一点"私心"，就是让自己摆脱焦虑，在社会快速转型期里，现代人的焦虑如何排遣，每个人都有自己的"逃狱"秘籍，而我只能用诗来加持和助予，借助诗的小径，走出混沌和荒芜，走向澄明和纯真，是的，青春不在，只在回眸中，成年人的心灵之累，唯有以诗当酒，以诗为茶，激我斗志，浇去心垒之欲火。诗让我冲淡，也让我激越；让我沉静，也让我沸腾；让我平和，也让我愤怒，让我时刻清楚自己是个诗人，并要做一个有底线的诗人。我时刻意识到自己在苦苦地支撑着，时常会扪心自问：自己还是个诗人吗？还是能为这个时代和人民吟唱的他们需要的诗人吗？我还是个心地干净的诗人吗？还是独立思考、独立写作的诗人吗？在这样的追问里我汗流浃背，心跳加速，愧意顿生，我忏悔！

　　对于我个人的创作，我只追求三种境界。一是追求"寂然凝虑，思接千载；悄然动容，视通万里""我才之多少，将与风云而并驱矣"，这是需要我穷其一生去践行的，我清楚自己的愚拙永远难以达到这个高峰。二是追求"从俗世中来,到灵魂中去"。所有的创作都要从生活中、民众中汲取营养和资源,在创作时,要有人性、神性和当下性的哲学层面的诗性表达。托马斯·索维尔在《知识分子与社会》一书中说:"知识分子的成果及终端产品是由理念构成。"我的诗歌理念是深入生活,融入民众,书写和记录时代,吟咏大多数人的悲欢交加。三是追求"语不惊人死不休",诗歌是语言的艺术,现代诗歌的语言要求更有张力、更精准、更多元、更冷静和圆融透明,这些对于我是需要永远去修炼和参悟的。

记得好像是美国诗人罗伯特·勃莱说的,大意是我们身处的商品社会里,诗人是苦苦赠送礼物的人,我想,即使是"赠送",人们有理由要求这礼物的精美。如果没有一股韧劲,如果不能坚守底线以及向难度写作,怎能做到"精美",我不知本意表达清楚了没有,就此打住。

东篱

1966年生,河北丰南人,著有诗集《从午生抵达》《秘密之城》《唐山记》。

代表作 雨中怀人

这个夏天的雨,有些缠人
像旧时女人的小脚,有些急切,有些碎
它从新华东道一直追着我
转了个弯,到了文化路
我钻到一棵合欢树下,它便在我的头顶
轻轻地敲打着那些羽叶和绒花
我还看到,它随着我的目光
逐一敲打了一扇紧闭的铁栅栏门
和三层楼上那扇半掩的玻璃窗
而房屋易主,帘栊恍惚
当我钻入公共汽车,它紧贴着车窗玻璃
脚步越来越急切,越来越碎
这让我心生悲酸
天地空蒙。一个小脚女人
无端地攥着一个凄然的路人

徽州的月光 〔新作〕

弘济桥上忆李白

——致见君

还是不可免俗地想到了那个词

用在它身上，感觉比用在某某桥

更恰如其分

因为它更寂寞。那种乘醉走马六十里的

寂寞，日落群峰西的寂寞

暴雨来临前，狼突豕奔的寂寞

你我一样，生为小诗人

却常怀万古愁的寂寞

如果真有那个潭，我愿意称它

左氏潭。它应该在桥的西侧

东侧住着那个酷爱自由

而才美外现的人

到我们这个年纪，传说就比不上

酒话了。你有赵人的海量

我却空怀燕人的酒胆

三杯通大道啊

踏桥如摇篮

你确信脚印会越踩越深

而不是被覆盖?

有诗为证,我从不敢奢望

连你也不能,永久地为我作证

哪怕是伪证

还是交给滏阳河吧。你看它

黑云压城,却独自静流

越接近真相,越……

如果不是用长焦镜头

年过半百了

我还不知道

人间万姓仰头看的

月亮

看起来竟像一只

脏皮球

石灰白的表面

拖泥带水的

还隐约可见

西瓜的条纹

更令人想不到的是

居然还有瓜脐

哪有什么皎洁啊

更何来月华如练
这让我这个半生为文的
穷酸书生
如何寄托下半生的
万古愁

死亡示范

我见到二姐时,她正躺在小黑屋的水泥地上
岳母死那晚上,我梦见她光着膀子

大嫂死那晚上,妹妹给我打了十二次电话
我是眼睁睁地看着母亲咽下最后一口气的
我预知了大姐的死,却不能递给她一根稻草

亲人啊,你们一次次以肉体消亡的方式
为我做示范
是想告诉我什么?
我不知道何时何地,将为谁,做同样的示范
只知道有泪的悲伤与无泪的悲凉
区别仍在于时空这个大命题

赞美诗

这是金秋的一天
早晨的一缕光线，透过窗玻璃
正打在妻子摆弄花草
稍显苍老的手上
飞翔的尘埃，分享这
静谧的一刻

新鲜的蔬菜
让我觉得生活的全部
在此：请趁我大好年华
煮沸我。这烟火的人间啊
给点儿颜色，远远不够
你赐伤口，我还以乳汁

热闹的公园
被大爷大妈们一再翻炒
有人老歌老唱
在一丛金银木的红果间
迁徙中短暂停留的绣眼鸟
听到了这一切

脚下是清溪
抬头，有云朵
随我至此

徽州的月光

在徽州，我无法向你描述

那轮照古人也照今人

照故乡也照异乡的明月

我只想剜一块西递

或宏村的墙皮

用宣纸包好，寄给你

你理解的水墨，就是我眼中的

白墙青瓦

它由潮湿、历史的风尘

与光阴的渍迹组成

如果嵌在苍山、碧水、翠竹间

它依然很白

白花花的倾泻

白花花的倒映

白花花的

流水的岁月

中秋后,荒山独坐

老天把脸拉到
谁欠他八百吊的长度
漫山的小野菊不明白
为什么向日葵
会被秋决
半空中的鹞子鸣叫着
是找寻配偶

还是觅猎食物?
我独坐山顶
不是思忖破败的乡村
山脚下的农民在收获
不喜也不悲
远处婚庆的歌声
与白事并无二致
仿佛一句箴言
亘古如斯

中秋日

自你走后
我发觉我老了许多
竟然想不起去年今日有没有月亮
前年今日回没回家

月亮没能按时出来
"八月十五云遮月,正月十五雪打灯"
雪打不打灯,我不关心
但今年的确不关云彩的事

我没有拨云见日的本事
料你一个年近九十的老太太
更无破土而出的力气
明月千里,仍穿不透一抔泥土

不出来,也好
彼此在黑暗中安生,也好
这样不必话凄凉
我眼不见,心无烦忧

草原天路天路

草木丰茂

百花涌起

红砖红瓦的小山村

镶嵌其中

我们姑且称之为

布达拉

眼前的大好河山

是遗址

是沟壑

间杂桦皮、野狐和牧民

所谓天路

无非离尘埃远些

跟云端近些

而天堂

就是白云生处

炊烟袅袅

鸡鸣山坳

闪电湖的傍晚

不像野狐岭

一再辜负古老的命名

闪电好像约好似的

一条翻身的怪蟒

体内藏有青龙古剑的心

让我看清

大风在掀动群山前

可劲地摇晃草木

弱小的蓝翠雀花

跌倒，站起

又跌倒

始终不改其颜

给予光阴的人

终将收割一切

眼前的光，我的体温

当湖水的金边

被吞噬

比周遭更黑的我

丧失了

还原真相的信心

新作　世事沧桑话鸣鸟

去年冬天以来，非常迷恋拍鸟。

感觉拍鸟上瘾，瘾一旦上来，真的令人恍惚：没拍到的鸟，想方设法要拍到。一旦听说哪里有什么鸟，那真是不远千里，起早贪黑，寒冬酷暑，风里雨里。拍过的鸟，辗转反侧也要拍好，一次不行就两次，两次不行就三次，三次不行就四五六次，直到拍出满意的作品。

何谓满意？一是主体要清晰，尤其是要有眼神光；二是背景要整洁、干净。这是最基本的。如果鸟的神态再好一些，或萌或凶，动态十足，无论是招架的、追逐的、交配的、喂食的、展翅的、飞翔的，都是加分项。当然，有故事最好。再经后期，片子的透亮度高些、颜色鲜艳些，这就接近完美了。

忽然觉得这和我对诗的理解差不多。

诗的语言，既是诗的主体也是诗的背景，精准和干净，是我所要求的。诗离不开想象力，但想象力一定要建立在精准基础上，而且，语言唯有精准才能让人产生诗意。

拍鸟要有细节，否则片子的生动性和层次感就大打折扣了。诗的创作，我更注意生活细节的挖掘。巴尔扎克说："当一切可能的结局都已准备就绪，一切情节都已经加工过，一切不可能的都已试过，这时，作者坚信再前进一步，唯有细节将组成作品的价值。"

好的鸟片一定是有想法的，同样，好的诗必须表达深刻的想法。我们所说的思想，其实就是一个人对这个世界的看法。作为诗人，你说出了什么，又如何艺术地呈现给读者，这才是你的功力。对事物的理解有多深，你的看法就有多深。看法深，便具备了一首好诗的根本元素；看法浅，或者人云亦云，即使你的表现形式再新颖，恐怕也是庸诗。

拍鸟以来，渐渐爱上了鸟，也为鸟写了一些诗。比如《绝望的燕子》，这是真实的故事，就发生在唐山曹妃甸。一只家燕，像人一样救助一只被汽车撞死的同伴，三番五次，锲而不舍，既令人悲伤，又让人感动。我像写人一样含着眼泪写下它，是想告诉人们啊，像爱护自己一样去爱护你身边的小动物们吧。

《鸟鸣》写的是我年少时养鸟的经历和物资贫乏时代的孤独，但落脚点在抨击物欲横流时代的"轰鸣"，发出"一切与鸟鸣无关的东西/都让我厌烦"的愤怒，也是向写出"我最怀念的，不是那些终将消逝的东西，而是鸟鸣时的那种宁静"这样的伟大诗篇的罗伯特·潘·沃伦致敬。

韩闽山

1968年生,河北承德人,著有诗集《根的方向》《虚掩的门》《空镜子》《此生》《闽山诗选》等。

代表作 哑巴死了

在哑巴眼里,每一个走出
小村的游子都是他的亲人
他嘀里哇啦的歌唱
是那条街道上独特的声音

如果你风尘仆仆回到故乡
他会紧紧攥住你的手
贴于胸前眼含热泪地盯着你
然后双手放在耳旁左一歪右一歪
很少有人能够明白他的意思——
翻来覆去做梦都在想你

哑巴喜欢孩子但孩子不喜欢他
每次都被老人们驱赶每次都用
"哑巴来了"制止哭声　每次
我都能读到他脸上难过的表情

长大的孩子学会顽皮淘气
故意凑到他眼前吐口唾沫
再使劲跺上两脚撒丫子就跑
哑巴从来不追但很生气
猫腰捡起一块土坷垃
狠劲地摔在地上,碎成

一粒粒微尘在空气中四散逃去

有次雨后他拿了几颗黄杏
想送给我吃却被我打落在泥水里
哑巴莫名其妙，悄声拾起
一手擦去泪滴，一手擦去污泥

听到哑巴死了这个消息
掀开记忆我感到了疼痛和窒息
写下几个字算作祭礼——

姓名：李哑巴
享年：八十四岁
死因：黑夜太长，寂寞无处诉说

新作 **背影**

大雪之书

冰山上没有亡命的蚂蚁
背着行囊爬来爬去,春暖花开
没人关心它们的小命

山上时常出现不速之客
他们蜂拥而至,让你措手不及

有人神情自若,一团和气
有人青面獠牙,仿佛地狱里的
门卒,突然现身……

热锅上,团团转的蚂蚁
跟随时光的序列,数量不断激增
它们接受冰与火的磨炼
一面冰刃刺骨,一面烈火熊熊

唯有酒,一杯接一杯
唯有酒的心,藏着冰与火的轮回
唯有酒,敢把前生喊成粮食
敢把后世喝成,静悄悄的逝水

要消除内心的积虑和隐忧

紫气就会越过东山

扑面而来,那一树一树繁花

手舞足蹈,盈着热泪……

清 明 辞

风越过燕山,越过武烈河

玉带河,七老图山坳里

那个叫河南营的小小村落

也被夹杂着鸟鸣的风

轻轻吹拂,颤动的树梢

也被游子的眼波深情安抚

风敲打着的雪花,在空中

起伏,有漂泊之感

亦有咫尺天涯的离散之痛

和谐路 41 号大门敞开着

清晨寂静,雪落无声

那个每日坐在门牌下的老人

不久前流泪去了南山

那一片松柏覆盖的高坡

只掩埋他瘦弱安详的肉身

一个刚直善良的影子
如一尊雕像，矗立在门前
他坐过的石头，已抚平棱角
留在人间，让望见它的人
虽泪水涟涟却心生温暖……

在草原

就不去看草了
我们有相同的出身
也不去看花
她们依旧妩媚

更不去看星星
他们可能都有坏脾气
我醒来，朝阳也会醒来
引领草原向着辽阔，一路狂奔

黑暗之光

不是骨头与骨头摩擦
碰撞，发出和音的声响
秉烛而行，壮士自现砺剑之芒
逼迫阴影倒退，抽刀断水

借你三分夜色，不饮酒

却醉了七分柔肠

寂静之中，战马嘶鸣

连绵不绝催动鼓响

我们的爱，有十面埋伏

有万朵桃花开，左拦右阻

黑暗无边，只有你我

只有爱，只有征服……

岩石，除推向山巅的

都陷入泥潭，时间久了

骨头也变得松软，从此

世间再无呐喊，刺痛黑暗

背 影

只有风，留下来

破门而入

我敞开宽大的衣衫

紧紧抱住

和我一样憔悴的身体

仿佛住在梦里的

一个追逐春天的背影

带来杏花，梨花，桃花

带走时间和流水

小径，孤树，石头，岸

都显露出世间的温情

像离散多年的亲人

突然听到回家的音讯

夺眶而出的泪水

除了孩子，心中尚存悲悯

我是其中的一个俗人

放下皮囊，带上灵魂起身

雪禅

坐在云里的神仙

睁不开醉眼

葫芦里的丹药和酒

都已敬献人间

山谷里的寺院敞开着庙门

尖利的冰凌挂住檐角

窗口映照的身影

是将寝的僧人在熄灭灯光

夜色陪伴寂静的旷野
树梢上弹起的飞鸟
逃向天空,枯枝锋利
是猎手偷偷张开的箭矢

我说出的孤独
并非整个世界的
我多次欲言又止的幸福
并非一个人的……

随笔　从一个人的原乡走进世间万象

我的家乡河北营村，承德县的一个小村庄。这是一个远近闻名的文化村，出了很多文化人。这里民风淳朴、尊师重教，有一种挥之不散的引力。村庄像一个母亲，培育出很多优秀的孩子，再看着他们一个个远走高飞。因此我始终对家乡怀有一颗感恩的心，那里的一切，都是我成长的原点，也是我写作的精神原乡。

从诗集《根的方向》开始，我就反复描绘家乡的一人一物、一草一木，在诗歌里重建家乡的美，重新品尝家乡乳汁的味道。早期的写作是有婴儿恋母般的情结，家乡是我的根，我熟悉其中的每一个人物，比如哑巴。哑巴是一个固执的有爱心的人，任孩子们怎么欺侮他，他都不生气，他爱孩子。他的善良让他活了84岁，寿终正寝。我想他是笑着离开这个世界的，但我却充满愧疚，因为年少时的妄为和嘲弄。然后我想到他独处的光景，怎么打发一个又一个忧郁的夜晚。于是，我写了他的死因是"黑夜太长，寂寞无处诉说"。我忽然明白，哑巴的孤独是我们所有人的孤独，那些离开家乡、进入城镇的每一个人的孤独，无法诉说的孤独。

然后我用诗歌来朝拜家乡，用生命来书写我的精神原乡。很多时候，我的诗是抒情的，因为只有这样才能让我排解那种巨大的孤独。而家乡也是孤独的，年轻人闯荡四海，只剩下孤独的老人。这其中，包括我的父亲和母亲。我能体会到他们的孤独，他们只能和他们种的花、种的菜窃窃私语。

即便后来明白诗歌写作不只是情感的寄托，也很难摆脱家乡对我的影响，我甚至无法消除诗行里的家乡因素，它长在骨头里，那么根深蒂固，坚不可摧。

家乡在我身体内部种了一颗种子，这颗种子就是善意，与人为善，与己为善，与一切生命为善，与一切没有生命的事物也为善。这种善意能够让我坦然面对生活，它让我和世界达成和解。我想生命必须是宽容的，这种宽容在我的精神原乡里始终占据一个重要位置。

我对世界的理解是从认识诗歌兄长北野开始的，从那时起，我的诗开始从原乡走进世间万象，我知道诗不仅是情感的寄托，它是一种意义，它还是一种发现和阐释。

我的目光开始由家乡转向外部世界，和家乡相比，世界是动荡不安的，犹如七月的海面，随时会掀起一场大浪。比如甘肃那个跳楼的女孩，我以为她跳下来的那一瞬间，一定是把地面当成了大海，因为她溅起了一个巨大的浪花。她很轻，她是黑色的蝴蝶，然后她脱下黑色的衣服，以清白透明的躯体升向天堂。她落下的是黑色的衣服，给了那些黑色的人群。黑色的人群在鲁迅时代就存在着，到处都是，这也是一种传承，就是这样，我们传承下来的不只有善意，还有邪念。这就是人间万象，它存在，你不明白为什么，没有人能回答为什么。

在城市我看到的依然是人群，人流如水，这就是历史秩序的推动者，但他们肩上扛着礁石。最要命的是这礁石是他们自己选择的，对一个自由奔放的生命来说，礁石绝对是个负担，而生活于历史洪流中的人群，却把礁石作为一个安全保障，也许他们怕被浪头冲走。然后他们沉重地行走，每一步都那么艰难。有些东西是阿波罗、观音菩萨不能拯救的。再高明的神，可以救得了生活的苦难，却救不了心灵的苦难。

从原乡到万象，犹如从一个被温暖和爱包裹的子宫，来到复杂而冰冷的人间社会，这个反差是如此巨大。这似乎是个隐喻，当我们脱离母体，我们的灵魂生活就开始了，我们脱离爱，再去寻找爱。这是个永久的周而复始的过程，我们因爱而生，然后又不得不为寻找爱的感觉而奔波一生。

这个过程是一个得到和发现的过程，在母体里，我们得到爱；然后我们出生，用一生理解什么是爱。这就是一个从原乡走进万象的过程，我想，我要带着原乡遗留的那些小小的温暖，用诗歌来寻找生命的真谛，这就是我所追求的。

姚江平

生于 1966 年，山西黎城人。

代表作 这些草

这些草,弯弯腰就可以
把它拔起来
这些带着泥土的草
这些卑微的草
这些弱不禁风的草
这些草,身上弥留的
气味,足以把一座城堡摧毁
蚂蚁的、蚂蚱的、蚯蚓的、蜜蜂的、蝴蝶的
闪电的、狂风的、雷雨的、月光的,还有鸟鸣的
兔的足迹、鸡的爪印、七星瓢虫的指纹
父亲上地路过时不经意的一声轻叹

这些草,有的有名字,有的没有名字
它们的排列组合就是一个个村庄
铅云压下来,它挺了挺身
雷雨砸下来,它耸了耸肩
阳光下,它是风景
暗夜里,它是宁静
站在两年前因一场大病死去的二旺坟头
它每天清晨都要洒一行热泪
如果有一天,这些草敲响我的门扉
我一点也不感到意外
它们都是我的亲戚

新作 # 祈祷

青海湖

注定你要成为我的羊皮经卷
就把你揣进怀里吧
在有月亮的夜晚
读你的澄澈和明净

读你的浩渺和空旷
你仿佛就是我的童年
饱涨的花瓣释放幻想的淡香
如果这一夜彻底醒着
我肯定泪流满面

德令哈的早晨

和我一起站在车窗前
看着德令哈的早晨吧
秋天的思绪在高而蓝的天空下
通红,湿润,不要惊呼
一只小小的黑鸟撞折了眼线
等候一生的爱
细心地梳理着短短的羽毛

在满地的黄金里

我深深地低下了头

在唐古拉山口

时间：8月2日下午3点53分

地点：唐古拉山口

海拔：5231米

事件：我和一只鹰相遇相随

执意要找到我，它一直贴着火车飞翔

在我静静的遐思中，在我把目光从

远处的雪山收回来的一瞬间

我看见了你：一只鹰

就在我的左侧，飞得是那样低

低得我看到了它一根根的羽毛

它的眼睛是那样的摄人魂魄

点点头，眨眨眼，忽闪忽闪翅膀

老朋友相见的所有礼节都一丝不苟地演示在蓝天下

我和一只鹰相遇相随

一只鹰引领着我进藏

透明的声音

在透明的空气里
飘动着一种金灿灿的声音

我是在布达拉宫听到这种声音的
透明的空气里,一种金灿灿、亮堂堂的声音
击穿我的心脏,这不是
念经的声音,也不是祈祷者的吟唱

青稞粒在滚动,接近于神的一咏三叹
更有点酥油茶的味道;一条纯净的河流
在晚霞里流淌,缥缈、灵动、率真、野性

草尖上的晨露,玛吉阿米的眼神
原生态的草本气息,进进退退的姿势
上上下下舞动的手臂,不是
飞天的壁画,却让我凝听到了艺术的秘语

一些事物的纯粹,和花朵无关

一些事物的纯粹,和花朵无关,真的
这是我在南疆一路走来的感受
辽远。空旷。这些所谓的大词难以准确地描述
具体到事物:天山的明月。库台的胡杨林

克孜尔千佛洞。阿图什的巴扎
艾提尕尔清真寺上空的鸟儿
慕士塔格峰一条条冰川
就是走在喀什老城的街上
碰头碰脸的都是一些和我们长得不一样的鼻子
不小心掉进一眼温柔的深井
那也是维吾尔族姑娘塔里木河水般清澈的眼睛
恍惚听到有人在呼喊你
那是阿不都尔邀请你去赴他新婚的盛宴

跟随一首诗向西走去

跟随一首诗向西走去，一直向西、向西
夕阳下的大漠。戈壁滩里的骆驼草
数千年生而不死死而不倒倒而不朽的胡杨

路上都是一些不连贯的词
在某一处停留，一棵无花果的树下
邂逅盛装的维吾尔族女子；贴近天山大峡谷
让一轮明月照耀我的来路和去路
轻轻地嘬一口奥依塔克的雪醉在喀什

醉就醉矣，别忘了给一首西去的诗
留下韵脚：回头，回头，望一望我的故乡

祈祷

祈祷藏在一片晨雾里

朦胧地感觉到有一片纱巾

在移动

流过安泽的这条沁河

此时,异常的安静

也许,它每天都如此

等待一条纱巾轻轻地飘过

这是一条河流心中的小秘密

也是沁河每日祈祷的功课

壶口瀑布

有这一壶老酒

人生足矣

这酒,是从天上来的

是从诗仙李白的掌心里

滑落下来的

"黄河之水天上来"

他醉了,醉在黄河

他美了,美在壶口

他的一次沉醉,穿越了千年的风云

他的一次迷醉，牵引着身后的众生
更让我这个酒鬼加诗痴的后生晚辈
就着缕缕的月光和他一起举杯对饮

这一壶好酒啊
让我的胸膛涛声阵阵

在红崖峡谷

对景色的过分挑剔和认真审视是我的警惕
对一个个所谓景区
过度开发留下的
残疾人般的后遗症
我是嗤之以鼻不屑一顾的
甚至还为山中的树木和石头叫屈鸣冤

在红崖峡谷我没有守住自己的矜持
我一次次被爱情谷的山涧水
打湿
我一回回被山中的小路
俘虏
我一点点被小小的一个个的细节
瞄准

我的一首诗穿越红崖峡谷
在沥沥秋雨里一节节攀高

在洗耳河，听鸟叫的声音

最初的一声，从树林的一头传来

沉寂了几秒，便是一片，此起彼伏

澄亮澄亮的质感，叶脉上滚动着的露珠

叫了，就这样叫了，一只鸟，两只鸟，一群鸟

太阳才刚刚升起，雾还没有散去

比树叶还多的日子睡了一觉又精神十足

出圈的山羊，咩咩叫着，又走向山坡

邂逅

一曲花儿的深情吟唱

抵得上一朵花儿的绽放

花儿和花儿在坝上邂逅

谁能不说是一对儿绝配呢

我来，或者不来，它们都已存在

我走，或者不走，它们都在等候

那些草坡，那些树林

那些花事，那些灵动在诗韵里的

事物，都被一个叫风光的词语

"蜇"了，被感染得

草长莺飞

时光陡峭，也不能改变尘世的归路

爱着的

看着秋天里的事物

我的激动和感动自不待说

那些端坐在大地上的树木

都有了充盈的丰满

色彩的斑斓相互拥抱

一片叶子的承载让我泪流满面

不要说登高望远

也不必寻寻觅觅

一切的一切，都在眼前呈现

所有的所有，都在心里烙印

我且把心儿放逐

在秋天，无论走到哪里

与一些事物的邂逅

都是我的期许，也是我深深爱着的

随笔 诗歌是人生最大的福利

1966年2月23日,这一天,东方刚刚露出点鱼肚白,三十亩村西的高台上,两棵柿子树下,一个土坯草屋里,我发出了人生第一声脆亮的啼哭。目不识丁的父母根本没有想到,这个孩子的将来,会和诗结缘。

我开始学习走路,路很难走。一个贫瘠的山村,一户贫穷的人家,注定了一个穷小子的成长。山里的孩子,是野生野长的,池塘里学狗刨,街巷里捉迷藏,庄稼地里撒尿;编一顶有草有花的帽子戴在头上傻傻地笑,用一截柳枝做一种乐器手舞足蹈地吹;瓜果飘香的季节,三五个玩伴,搭伙而行,小心翼翼地扒开蒺藜的围墙,想做一回"神偷",却被看园的老头撵得四散奔逃,裤兜里装着的用破褂子包裹着的果子梨子甜瓜滚落到草丛里,给蚂蚁做了"公益",为鸟雀敬献了"贡品"。

诗歌的存在,让我感受到生命的特质,人生的美好。时光流年,如浮云一般,唯有诗歌,在我人生的不同阶段,发出金灿灿的光芒。学校毕业,初为人师, 我"三支粉笔/熬一锅粥/喂很多饥渴的眼睛",乡村中学的孤独和苦闷,被诗歌的光亮赶跑。在那个叫北社的乡村中学的黑板上,我"写下了有关一朵花开有关一只鹰飞翔的一行行板书"。十年的机关工作,我湮没在大量的文字材料里,"和暗夜里的灯光亲近/和一沓沓稿纸亲近/和一摞摞书籍亲近"。偶尔,抬起头,或者看看夜空上那一颗闪亮的星辰,抑或是看冬日洁白洁白的雪朵从天而降,这时,诗意不经意地从门缝里挤进来,芬芳萦绕在我的心尖。1997年,我到一个叫西井的乡镇工作。西井，是隐藏在太行山皱褶里的一个山乡小镇。七年的仕途生活，我怀揣诗性之光，诗意的栖居、生命的全息系于它的一草一木，灵魂的千千结迷恋着它的山水人。西井，不再仅仅是一个地名，而是飘在我心底一朵沉重而轻盈的雪花。我的诗，和西井站在一起，就有了故乡；西井，和我的诗站在一起，就有了灵光。法院工作的十五年，诗歌让我始终保持了心灵的澄澈和明净、人性的良知和正义。在我人生最为困顿和艰难之际，诗歌成为我的福音，点亮了我的生活，我被诗歌这一双温暖的大手呵护着。

　　作为一个诗歌的信仰者，诗歌让我聆听花开的声音，诗歌给我打开另一扇天窗，诗歌给我明媚阳光，诗歌让我衣锦还乡。

　　诗歌，在我的血脉里马蹄声声；诗歌，让我张开隐秘的翅膀。

　　诗歌，让我在风中的行走不会孤单；诗歌，让我头顶的天空辽阔而高远。

琳子

1967年生,河南滑县人,著有诗集《响动》《最美的太阳》。

代表作 **观赏**

哦，坐着这一地腐叶，我们是幸福的。我们
两个鞋底干净的小女人，我们
生育过的屁股结实肥美，坐着田野的高处

新作 夏天的夜晚

小麦的中间部位

如果躺进麦田
我就不见了

我去了哪里呢

如果躺进麦田
麦苗正好高过我

这是四月啊
麦田的风
四月的风
全部来自小麦的中间部位

如果躺进麦田
我肯定是一个喜欢被埋葬的人
喜欢被挤压的人

我喜欢这样醒着
在麦田的中间部位
荒凉的
孤独的
活上那么一会儿

油菜花开

若干年前

我从油菜地里穿过

油菜花麻凉凉落进我的脖子

我是多么小的一个人啊

我为什么会在那样一个正午,独自一人

走到油菜花深处

一些小飞虫攒着我

我手里拿着柳枝

柳枝上是一串一串柳絮

我试图做一只柳哨,像大孩子那样

呜呜吹

爷爷的棺材后是长长一队哭泣的女人

那里已经烧着了纸马

填土的人发出巨大的声响

小满

不是小虫子在长大

不是槐花变成蜂蜜

不是房顶被雨水洗出轮廓

不是布谷鸟偷吃了樱桃和桑葚

不是我的腋下开始肿胀

不是我的小腹开始隆起

不是我的手心开始流汗

不是我的额头开始发亮

不是的

那不是我

不是我的小腹长有另一个小腹

不是我的小腹长有很多小腹

那不是我

只是，亲爱的

我可不可以叫自己一个

小满的名字

我多么想回到那个不断长出甜味的季节

我多么想让自己身上裹满糖浆，漫过糖浆

亲爱的，小满已过

灌浆之后，我就再也轻盈不起来了

三河寨

随便一条河流都能让我溺亡
随便一坑沙子都能让我淘洗

随便一根水草都能让我分蘖成树
随便一根水草都能老成河面上的一条波痕

放羊的人每天抱着鞭子,追逐岸上的青草
他曾经在这里碰到过很多次野鹅和野鸭

每一次汛期都会像阳光一样来临
每一块石头下边都藏着一幅小小的版图

又见到那样的玉米了

又见到那样的玉米了
我的眼睛黑了
我的耳朵空了
我和结实、粗壮的黑叶子玉米
在老地方重逢
我拥抱了它们
所有的玉米都冲过来

我被玉米压倒

我没有一棵玉米的力量大

所有的玉米都来追赶我

我喃喃叫着自己的小名

叫着大猪圈、大白鹅、大黄牛的小名

叫着小铲子、小篮子、小凳子的小名

叫着张小福、张葡萄、张四丫的小名

我一瞬间叫出了

玉米地那样多的快乐

夏天的夜晚

夜晚来临

那些遮蔽的事物——显现

卖西瓜的乡亲没有走掉

捡麦穗的外婆在空旷的麦茬地

看了看头顶的太阳

夕阳中变黑的孩子溜着墙根，小跑着回家

门头上卧着一群鸽子像卧在

青砖的内部

夜晚来临，那些外出的人——回来

他们脊背上落满金黄的枣花

七月

七月的太阳是一只磨盘

我是磨眼中一粒正在下沉的豆

多么危险

不要出门,以免昏厥

不要溺水,以免变成画符

母亲在磨坊低头吹谷的样子

正从墙壁上边照射过来

我抓住我的豆

这是一次降生

我找到的止血草在房顶上结满草籽

我家的炊烟在某时候

不是水汽而是

一些铁锈的味道。磨盘上的

光线有些像断发。母亲

我们在满头大汗之后把绳索细细扎好

挂在墙壁上

蓖麻

蓖麻不是麻

蓖麻长在路边,沟边

羊不吃它

猪不拱它

小鸡也不刨它

蓖麻开小黄花，结漆黑的籽儿

小时候

我们掰开蓖麻籽儿擦头发

头发黑又亮

我们偶尔用蓖麻点灯，写作业

前几年

我去看一个病号

他结石

喝蓖麻油，淡黄色的液体

装小酒杯

随笔 所有的种植都黑暗

"所有的种植都黑暗。"这是《野生的桃》中的第四句。

《野生的桃》是写给母亲的一首诗。每年夏天，酷暑之中，记忆中最深的事情就是，母亲总会脊背突然大痒，她赶紧放下手里的事情，开始专心抓挠，很快抓出一道道又红又亮的血痕，而脊椎中间抓不到，就命令我们来干："使劲使劲再使劲！"她甚至已经愤怒和疯狂。每年暑期都是如此，一触即发，赤裸上身，抓出赤红的血痕，擦酒擦醋，直到血痕变黑，结痂复原。

为什么会这样，因为母亲年轻时天天去大田干活，酷暑也不避忌。玉米长高了，她去除虫，玉米长成黑色的城堡密不透风，她钻进去，汗水哗的一声就奔涌出来，玉米叶子凶猛的刺一刻不停落在脊背上、胳膊上，一整天都是这样。收工回来，她的脊背和胳膊都是咸涩红肿。她的脊背就落下这样一种永远无法治愈的伤症。

其实不是脊背，而是她的整个生命。所以，我在写诗的时候，我要抛开世俗的词语和认知，走到情感的前头和里头，创造一种全新的审美。《野生的桃》这首诗歌就为我打开了这样一种空间。

写出这一句诗，我有点着迷。是的，我越发着迷创造一些决绝的句子，崩溃的句子，没有退路的句子。这一句就是。

这是一句不讲道理的句子，我不允质疑，发生困惑和动摇。你必须跟着我的意志走，跟着我的情感走。是的——"所有的种植都黑暗"！

这不是语言的选择，而是对语言下所关注的事物发生的，独裁式的处决。我有这样的权利，我有这样的自由，我有这样的气度和高度。我是我自己诗歌的统领者、缔造者、建筑者，同时，我又是我自己的拆迁队和纵火犯。

我统领着我的主题，我的句子，向着我内心深处的疼痛，一次次扑倒。

有时候，残忍就是一种气度和高度。你有多现实只有写到黑暗深处才可以知道，黑暗的深处不是死亡和绝望，而是另外一种霍霍生长的母体，这种生长因为它的沉静和肃穆，显得端正而有巨大能量。

"所有的种植都黑暗"是一次命名， 是一种对诗歌现场的挖掘和焚烧，它排除了词语表象的唯美，排除了对农业文明媚俗式的咏唱和赞美，对农业生产和劳作重新判断和确认。是对劳动和劳动对象之间的那种深层关系的确认和判断。更是一种表态，诗人不需要复制劳动场景，只需要抓住锄头，查看锄头深处的血液和洞穴。诗人需要举高语言的旗帜，坚定不移地对面前的疼痛部位俯身俯身再俯身，然后发出孤注一掷的号叫。

所以，所有的种植都黑暗。

种植的工具是肢体，种植是一种本能。种植具有重复性，肢体反复负重、举高、轮回、扭曲；无限度消耗，直至身体残疾，破碎。流出汗水是一种黑暗。盐碱在脊背和腋窝凝结是一种黑暗。这种疼痛力量膨大粗重，让我痴迷。

所以，土地的深度是黑暗。

土地上的种植已经发生，还在发生。我所记忆的种植都是疼痛的，不可抗拒。

土地的种植要表象，生命的种植是本质。

所有的种植都黑暗，都会在黑暗的深处发生温暖和歌唱。现在，就是此刻，我端坐在生命的轮盘，满脸泪水，再次敲打起生命之键。

第广龙

1963 年生,甘肃平凉人。

代表作 苦杏子

淡淡的苦味
在我的唇边
为什么久久不散?

我护着心跳和一腔子的忧伤
站在羞涩的杏子树下
等着捧住隐约的黑发
深深嗅着,杏仁洗过的黑发

更苦的深处
是在黑夜,还是生命的远方?

苦杏子,泉水里长大
童年里长大
我拿走了你的美丽
却不能拿走你十八年的苦味儿
春天啊,怎么又开满了杏花?

新作 **水**

山上山下

在五台山的北台
车上上来了一个
本来步行的小伙子
他按着腿说
刚被狗咬了
一路上
我们见庙就停
见佛烧香
回到山下
一车的人
都提醒他先到医院
打一针疫苗

假发

监狱里
他的工作
是一根
一根
给发套栽种头发

许多人更加焦躁

干不长久

唯有他身心投入

他进来

就是戴了一顶

劣质假发

去整一票大的

刚动手就暴露了

逃跑时

假发还掉了

假发不能假

教训深刻啊

他做的假发以假乱真

得到表扬和减刑

放出来后

走街串巷

随身的电喇叭反复吆喝：

"收头发——收长头发——"

转 动

探秘的人

把自行车遗忘在树旁

找地图去了

自行车长进树木的肉身

车轮在年轮里转动

更多的梦想

通过光合作用

长出纹理

树木的内部

出现了一条跑道

通向高空

斑驳的光影

在旋转

去过

我家楼下

有一个火车票取票窗口

每次我拿到票

总觉得我的旅行已经开始

算起来次数够多了

从窗口里给我递票的人

长啥样

依然印象模糊

就像我满怀向往和兴奋

去过的那些远方

自己的

退休多年

他还能这样说：

头发和头发的颜色

是自己的

人在老

有的失去不可挽回

有的补救

还真的关乎自尊

又有谁

能把身外之物

看成不是自己的

又有谁

能让这具肉身

从里到外

都保持原样

大河可以不拐弯

平陆的黄河

水面宽阔

似乎静止不动

我都看不出

黄河在朝哪个方向流

黄河在这里不拐弯

黄河干脆停下了

在身边发育出了广大的湿地

和幽深的湖泊

水鸟歇息其间

大天鹅

也从西伯利亚飞来了

童童

傍晚时分

他又在叫童童了

上次就把头伸出窗外

一声一声叫童童

嗓子都哑了

他得了老年痴呆症

晴天发病

光知道叫童童

那是他带大的孙子

在家里安慰他的童童

已经工作了

他不认得

他叫的那个童童

和小伙伴在外面玩耍

忘了回家吃饭

水

一水洗百净

初生的婴儿

洗去头顶上那层结痂的污垢

便有了人样

咽气的亲人

洗一遍身子

才可以入土为安

洗生，洗死

一捧水

没有区别

却能叫人

看轻世间的起落

清晨的河滩上

有人洗羊皮

洗出撕心的叫声

有人洗石头

洗出了满天星斗

有人洗煤

洗掉命数里的那场大火

那些用过的水

倒掉的水

还是原初的样子

又从地底下

从天上回来了

[随笔] 走路与写诗

我走路锻炼，已经走了快十年了。

我写了许多和走路有关的诗歌。走出去，每次的感受，都不一样，有的感受对我触动深，我就写。我起床早，黎明前，我就出门了。一年四季，这个时间段，多数日子里，天还没亮，外头的路都有些看不清，外头看不到几个人。我写过《后半夜的电焊光》《后半夜的雪》这样的诗歌，其中的场景，如果换做前半夜，我就不会写出来了。我还写了一组诗歌《黎明前》，涉及了黑暗中我和我所见事物的关系，全是片段式的、零碎的，在特定环境和时间里，我的发现和思索，意味是不同的，我的表达，既受制也受益于这个限定，这是我乐于接受的。

还有许多诗歌，和走路没有关系，却是我在走路时构思的。我的诗歌，大约有一半，都是这样获得和完成的。有人说，写作得有闲，我有体会，忙碌生计的间隙，固然能有作品完成，要安心下来，相对宽裕的时间，是一个前提，一口气提起来又放下，一口气提不高。我因为起来早，走路时，没有干扰，头脑清醒，一些情绪，容易被激活，身体又几乎在无意识的运动中，能够集中注意力，整体上考虑，细节上梳理，思路的延伸，想象的拓展，都不吃力，还很享受。走路结束，把思考过几遍的内容记录下来，一首诗歌的雏形就有了，有时候，稍作改动，几乎就是一件成品。

走路谁不会走啊。可是，走路还真的有学问。写诗歌，需要知识的积累，得经过大量练习感悟，才能得其一二。走路，同样马虎不得，不然，效果相反，还有后遗症。

我就联想到了诗歌，走路不当，过量，把腿走坏了，写诗歌，也不能用力过度，也不能祈求过高，不然，也会把诗写坏的。走路和写诗，都是慢功夫，都得一步一步来。一夜开天眼的那是奇人。我不是。怎么说，我也写了几十年了，可是，我依然不能凭经验写，不能由着性子，把一个样式的诗歌，批量复制，重复自己。走路可以在熟路上走，才能发现陌生，写作也要克服惯性，得有变化才对。我的诗歌，就这样追求着。这给我带来了挑战，带来了突破的难度。可是诗歌对于创造性的要求，逼迫着我必须以自我为敌，尝试诗歌写作在我这里的最大可能，即使无法穷尽，我也不放弃努力。

再怎么走路，双脚也得落到地上，踏到实处。诗歌的探索，对我来说，不是云里雾里，不是胡来。我这个年纪，平淡下来是自然的，其中有滋味才是要求。平常里有玄机，日常中见奥妙。我是要我的诗歌见人、见人性、见情感。我走路才发现，以前以为周边的，在自己的活动范围里，应该是熟悉的、了解的，实际上，方圆十里之内，大多地段，我都没去过。其中的物象、其中的街景、其中的人，看见了、接近了，才对我有由外到里的感知，这就是生活，就是存在。这其中有小，更有大。隔上一段再走，再看，又有了变化，而不走不去，就看不见。身边都有这么多的未知，都和我隔着一层，更别说走天下了。我就意识到，生活不在别处，就在眼前。我追求的诗意，也是。

我走路，是为了身体健康，不过，走路的过程中，对我寻求诗歌写作的变化有好处，而且还好处多多，我只能说这是我的一项额外收获。我不撞大运，撞树上了，树上有果子，我就采，我不能看着果子掉在地上烂掉。

塞罕坝上吹拂生态诗歌风

——《诗刊》第九届青春回眸诗会侧记

张二棍

七月七日，北京，晴。一辆银灰色的大巴，静静地停靠在团结湖地铁站的马路边。它在等人，等十五个人，十五个年过半百的人；十五个来自天南地北，却可以共用一个名字的人；它等的人，它前方的路也在等，它的终点，也在等。河北的承德在等，承德的围场在等，塞罕坝在那么清凉美丽的草原上，和万千青草一起等……

七月八日，"青春回眸暨绿水青山与当代生态诗歌"研讨会正式开始。王琦来了，北野来了，刘福君来了，薛梅、齐宗弟、绿窗、蓝星儿等承德当地的诗人、学者，从承德的四面八方赶来，也倾情参与此次盛会。

研讨会首次将绿水青山和当代生态诗歌相结合，《诗刊》社李少君谈到，生态诗歌在全球范围内都是潮流，正是自然文学使美国文学有别于欧洲文学，爱默生曾说："欧洲大陆的文化太腐朽了，需要自然之风来吹拂一下。"从惠特曼、梭罗、爱默生、艾米莉·狄金森，到弗罗斯特、盖瑞·施耐德都十分推崇自然文学，可以说，自然文学是美国文学的主潮。近年来，习近平总书记强调建设生态文明是中华民族永续发展的千年大计，生态兴则文明兴，生态衰则文明衰。对此，诗歌界大有可为，生态诗歌的发展到了一个大好时机。

鲁迅文学奖得主曹宇翔认为真正代表美国精神的是惠特曼、弗罗斯特，而不是金斯堡和艾略特；代表一个国家民族精神的不是高楼大厦，而是在与自然环境和谐共处之下个人价值的充分发挥。他相信世间美好的万物也在帮助人类生活，好诗能给人暖意、安慰，让人热爱生活。曹宇翔呼吁新时期的诗人们要自信豪迈，向好山好水学习。

甘肃诗人王若冰这些年跋涉甘肃、陕西、四川、湖北、河南五省五十余县市近百个乡镇，考察秦岭南北沿线的历史文化、风土人情，为山河立传，从山水里寻找中华文化精神。他主张诗人要置身于大自然之中，与自然相遇，方能写好山水的灵魂。而浙江诗人卢文丽从小在西湖畔长大，用三年时间创作了一百首西湖印象诗。卢文丽相信："只有在大自然中，个体才会感受到时间的强大、人的渺小，才会清楚自我的真正归宿，感受到一星半点宇宙的真实。"

来自军队的诗人姜念光转述他记忆犹新的一句话："土是世界上最好的东西，种什么长什么。"他认为，大自然自给自足，无须人类过多干预和建设。

河北诗人东篱是鸟类摄影爱好者，他以拍摄中华攀雀时目睹的生态破坏之悲剧，告诫我们要珍视大自然的一草一木、一虫一鸟，"用诗歌记下乡愁，青山绿水就是我们的乡愁"。在湖北电台工作的余笑忠认为："自然是一种尺度，是人的精神领地，是一种境界。"山西的姚江平认为："生态是家园，是环境；生态诗歌是美学，是价值观。绿色生态建设和生态诗歌的创作是统一的，都是美的呈现，生态诗歌的创作是对自然的礼赞、对生命的尊重和对美好的欢呼。"

会上，诗人们就人与自然的关系展开深入思考。来自石油系统的诗人第广龙认为：山水有魂魄，树木有生命，山水树木是我们身体的外延，我们应重新找回与自然的相处之道，敬重山水，善待树木。甘肃诗人梁积林说："山水诗需要我们用洁净心灵的力度去打磨、开启，才能看到神性的澄明，不要轻贱了细微的东西，也许雪后的早晨，场院里草垛上的一抹鸟爪印就是你要找的神迹。"承德诗人韩闽山提示我们：除了欣赏美丽的自然山水，还要向内看，关注每个人自身的生态。河南诗人、画家琳子说："青山绿水可以惊醒人们疲惫的内心，使我们走出内心的阴霾，来到阳光下，来到大自然中间，感受生命的美好。"在深圳漂泊二十余年的诗人郭金牛体会到："世道与诗歌同命运。"

从文学史的角度，诗人们试图为当前的山水诗写作找寻定位和方向。浙江诗人李浔认为：生态诗歌与原先的山水诗有着本质上的区别，也不同于二十世纪八十年代的乡土文学，当前生态诗歌的兴起是中国诗人自觉的觉醒，展现了新时代诗人的新境界。宁夏诗人杨梓谈道：中国古典诗词以"情景结构"为主，以天人合一为最高境界，而汉语新诗在西方影响下多呈现为"情事结构"，当前我们需要重新认识"景"，重新认识大自然。安徽诗人李云认为："当前诗人们写山水仍未脱离古人的山水哲学意蕴，没有跳出陶渊明式的归隐情怀，没有写出当代独特的思考。然而，有责任感、有担当意识的诗人们应思考如何写现实中的新山水，如何写新时代赋予我们的新事物。"

会后，去塞罕坝展览馆及围场的野地上，走一走吧。在山水中流连，与自然亲近，你才会懂得，挺拔的青松、矫健的白桦、遍地的野花、湖水中游弋的小鱼、枝头跳跃的松鼠……这些白云下无拘无束的生灵，才是诗的源头。

　　塞罕坝位于河北省最北部、承德市围场满族蒙古族自治县北部坝上，它是习近平总书记高度赞扬的生态文明建设范例。半个多世纪以来，一代代塞罕坝建设者们听从党的召唤，艰苦奋斗，将"黄沙遮天日，飞鸟无栖树"的荒漠蜕变为"林的海洋、河的源头、花的世界、鸟的乐园"，用实际行动诠释了"绿水青山就是金山银山"的发展理念。

　　是啊，画意的山水，才能迸发出人类的诗情。唯有山水，不可辜负；回眸青春，勿忘初心。这次诗会，诗人们徜徉在山水间的每一刻，也是山水逶迤在诗句里的每一刻。大家纷纷表示，一定要创作出更多反映新时代、关怀生态文明的优秀诗篇，才能无愧于大自然对我们的厚爱与馈赠。

2019
青春回眸诗会

诗刊

杨克

生于 1957 年,广西人。
著有诗集《杨克的诗》《有美与无美》等。

我在一颗石榴里看见了我的祖国

我在一颗石榴里看见了我的祖国
硕大而饱满的天地之果
它怀抱着亲密无间的子民
裸露的肌肤护着水晶的心
亿万儿女手牵着手
在枝头上酸酸甜甜微笑
多汁的秋天啊是临盆的孕妇
我想记住十月的每一扇窗户

我抚摸石榴内部微黄色的果膜
就是在抚摸我新鲜的祖国
我看见相邻的一个个省份
向阳的东部靠着背阴的西部
我看见头戴花冠的高原女儿
每一个的脸蛋儿都红扑扑
穿石榴裙的姐妹啊亭亭玉立
石榴花的嘴唇凝红欲滴

我还看见石榴的一道裂口
那些风餐露宿的兄弟
我至亲至爱的好兄弟啊

他们土黄色的坚硬背脊

忍受着龟裂土地的艰辛

每一根青筋都代表他们的苦

我发现他们的手掌非常耐看

我发现手掌的沟壑是无声的叫喊

痛楚喊醒了大片的叶子

它们沿着春风的诱惑疯长

主干以及许多枝干接受了感召

枝干又分蘖纵横交错的枝条

枝条上神采飞扬的花团锦簇

那雨水泼不灭它们的火焰

一朵一朵啊既重又轻

花蕾的风铃摇醒了黎明

太阳这头金毛雄狮还没有老

它已跳上树枝开始了舞蹈

我伫立在辉煌的梦想里

凝视每一棵朝向天空的石榴树

如同一个公民谦卑地弯腰

掏出一颗拳拳的心

丰韵的身子挂着满树的微笑

新作 我的中国

有人酸甜,有人麻辣,有人喜原汁原味

八大菜系风靡神州,各不遑让

当周游列国,从巴黎到纽约

在刀叉下受虐一周的胃

所有人的味觉,瞬间全被唤醒

炒煮蒸烹的中餐佳肴就是我的祖国

有人粤语京腔,有人西南官话

吴侬软语与东北大嗓门

少数民族语音更是五花八门

各地方言千差万别,互相不一定能听懂

踏上拼音的国度,横竖撇捺方块字就是我的祖国

机翼划过蔚蓝的天空

补天的女娲是我的祖国

船舷剪开波涛的雪浪

填海的精卫是我的祖国

日升东方,见追日的夸父

禺谷在望,那一片辉煌是我的祖国

月落西窗,有玉兔嫦娥

记忆中那一阵桂花飘香是我的祖国

一颗竹叶裹的粽子

抛下去汨罗的万里惊涛

满腹柔肠翻滚的《离骚》是我的祖国

一枚枚月饼向天而拜

岁岁年年的怀乡与思归是我的祖国

万户千家俪采七字之偶,斗艳一句之奇

四海庆安澜万民怀大泽是我的祖国

张灯结彩、点响爆竹、对联红红火火是我的祖国

连年有鱼,花生、枣子、石榴……

连蝙蝠也成了吉祥的图腾

龙、凤、龟、麒麟,兴云致雨

太平盛世,竹、兰、菊和文房四宝福泽心灵

就是独角兽貔貅也能辟邪

喜鹊、鹤、鹿、十二生肖都是我的祖国

惊蛰,候桃花而棠梨而蔷薇

春分,望海棠而梨花而木兰

布谷布谷,种禾割麦

玉秧玉秧,稻花白练

有序多变的二十四节气是我的祖国

苍龙连蜷于左,白虎猛踞于右

朱雀奋翼于前,灵龟圈首于后

五行、八卦、二十八星宿还是我的祖国

攀崇山峻岭，想起头触巨峰的共工
乘飞驰高铁，踩风火轮的哪吒
在最高的神主宰教堂和寺庙的这颗星球
愚公、大禹和张弓搭箭的后羿
不屈服命运的神话就是我的祖国

看见海雕金狮双头鹰他国的国徽
金黄的谷穗和金色的齿轮是我的祖国
我倾倒维纳斯的断臂蒙娜丽莎的微笑
更迷恋反弹琵琶的飞天聊斋的白狐
在音乐厅听交响乐和花腔女高音
耳边萦绕《茉莉花》和小提琴《梁祝》
在动物园遇见北极熊和袋鼠
憨态和平的熊猫就是我丝绸柔软的祖国

欧洲建筑那石头上的史诗
江南庭院草长莺飞瘦石枯木
关公的忠义黛玉的痴恋
牡丹亭的悲欢西厢记的情色
李白长安一片月杜甫落木萧萧的秋兴
扇面上的书法，宣纸上的写意
哪怕随蓝色多瑙河圆舞曲轻盈曼舞
胸腔里轰鸣的是冼星海的黄河
是我的祖国

红山玉猪龙和殷墟的甲骨上
矗立北上广深簇新的高楼大厦
航天潜海，我依旧怀抱颓败的小小村落
银杏树缓慢生长，让人痛苦揪心
两鬓染霜，身体里流动青春五四的热血
念兹在兹我永远梦想的少年中国

霍童溪的石头

时间如初醒，乌水踩舟
留别吴君春庭已成绝响

只有它们憨态可掬，像一个个
永远长不大的顽童
在水边嬉戏，虎头虎脑
在风声中捉迷藏，先把童心
藏好，再把天真找到
大自然的儿戏在这永不
落幕

又像一头头乌猪
将热烘烘嘴巴拱进水里
吸纳天地灵气
拿虾飞鱼跳做文章，溅起

一串串白玉，石头的童声
很是单纯

沿溪古木倒影毵毵
鲈莼返棹，鸡黍留宾
人往人老，只有石头永是少年
偷闲欲学枝头浮动的桐花
清澈的河流，干净如初心
而沿溪的香樟，大榕树
细长垂拂、纷披散乱
多像美髯老翁
溺爱地看着河滩上的少年

随笔 "青春回眸"依旧少年心

1987年，我参加《诗刊》社第七届"青春诗会"。这是二十世纪八十年代公认的三届"黄金组合"梦之队之一，另两届是第一届、第六届。迄今"青春诗会"举办了三十五届，就总体而言，那三届实为翘楚。有意思的是，第一届和我们的第七届，都在秦皇岛举办。

1999年，我有次到北京，简宁请饭，美其名曰"同学聚会"，指的就是参加了同届"青春诗会"的人，叫来了西川、欧阳江河。饭桌上，大家感慨当年，指点诗歌江山，以为普天之下，舍我们其谁。然穷尽半生，方知李白、歌德依旧难以望其项背，群星熠熠闪耀在头顶上的苍穹。去年参加上海国际诗歌节，我发言说，这次参加诗歌节的七位中国诗人，有趣的是，陈东东、欧阳江河和我，我们三人都来自同一届"青春诗会"。这非常难得。另三位参加过"青春诗会"的，翟永明、臧棣、陈先发，他们中间的跨度有十几二十年。

我们那届的张子选，久疏音讯，我认为他是一个写得挺好的诗人，还有远去美国的程宝林、"特种兵"郭力家等，第七届"青春诗会"确实有不少诗坛"常青树"，如今依旧是诗歌的中间力量。彼此间友情常在，欧阳江河多次说，我和他"同居"过十几天，是指"青春诗会"时我们被安排在招待所共住一屋。去年我去美国，也与程宝林聚过。而我担任第七届鲁迅文学奖评委在京期间，出来唯一与一个诗人吃过饭的，就是简宁。彼此还开玩笑说，我们是在二十世纪八十年代写作的，不会把评奖获奖看得如此重要。

几十年的写作，我被安上了若干标签，譬如"第三代实力派诗人和民间立场代表诗人之一"；譬如"是当代汉语诗人中一以贯之具有个人化历史想象力和求真意志的代表诗人"；譬如"城市诗歌写作开启了某种意义上的主体性"。也就是说，我们这代人是深受西方现代主义影响的诗人，强调写作的原创性、先锋性、独特性、实验性、陌生化。但我试图在个人化写作中找到与公共空间的相切点，强调写作的中国元素和时代语境。同时，追求写作的个人辨识度。我希望自己能大踏步走到群众面前。

如今我认为对自己的写作是否先锋已经不那么重要了。有的诗再度探索，有的诗毅然返归，不一而论。我希望有生之年，能写出几首被人们记住的诗、口口相传的诗。新诗百年，我写了一篇文章，郑重提议：诗人必须重拾诗歌的声音。我编选了《给孩子的100首新诗》，就是想承接《唐诗300首》谱系。2018年，我创作了两首广被诵读的诗作，一首是《又见康桥》，发表在2018年《诗刊》7月上半月刊。这诗来自剑河的亲身感受，也是艺术上对徐志摩《再别康桥》的呼应。这首诗在微信和网络上甫一贴出，立即引起了不少诵读艺术家和爱好者的青睐，包括徐涛先生。其中一个平台，诵读视频一天收视达106万人。另一首就是《诗刊》这一期的《新桃花源记》，我尝试将古典诗歌的境界与情怀融入现代汉诗中，已有一舟、广州电视台主持人、深圳电视台主持人、常德朗诵协会等众多朗诵专业人士和爱好者的视频音频。

这是我有意的尝试。我曾写道：唐诗宋词不仅是中国文化的高峰，也是世界诗歌的高峰，李白、杜甫、苏轼等，就是世界级的顶尖诗人。中国传统诗歌强调语出惊人、注重通感、讲求意境、营造境界，还特别讲究音律美，音韵有致，朗朗上口。千百年来，几乎所有识字的人，在牙牙学语阶段，都背过唐诗，诗教是中国人启智的童蒙读物。脍炙人口、口口相传，不仅是汉语诗歌的特点，很多少数民族的史诗，如《格萨尔王传》等，都是依赖吟唱传播传承的。新诗要出精品，除了注重思想艺术方面的高度，还必须思考如何创新性地重新返归音韵的传统、吟唱的传统。这也是我这一年来写作上的新向度。

剑男

生于 1966 年，湖北武汉人。
著有诗集《激愤人生》《散页与断章》等。

代表作 上河

阳光是逆着河水照过来的，照着挖沙的船
日益裸露的河滩
以及河滩上零星的荒草
说是河，其实是众多的水凼子
因此远远看上去
就像一面打碎的镜子散落一地
不再有浩荡的生活
不再有可以奔赴的远大前程
上河反而变得安静了
并开始映照出天空、山峰以及它身边的事物

新作　**孤独的湖水**

动物之心

众多蚂蚁走成一支长长的队伍
一只大脚从上面踩过
它们一阵慌乱后很快又恢复成一条直线

蚯蚓在黑暗的泥土中蠕动
锄头翻开泥土
断成两截的蚯蚓继续在泥土中蠕动

秋蝉夏生秋死不知一年为何物
高高的树枝上
它们仍先知般聒噪着自己短暂的一生
它们这样不计成本地活在人间
仿佛一些人

从高速公路下来一辆冒着烟的汽车

车是空的
我的意思是除司机外车内空无一人
它的屁股在冒烟
它后置的发动机像一个哮喘病人
持续着沉闷的咳嗽声

而车后面是一群背着各色行李的民工
他们几乎是跟着车在奔跑
但是寂然无声的

车在高速公路出口外终于停了下来
司机并没有惊魂未定

他说，其实车也是通人性的
那年有一个濒危病人
硬是像这车一样一口气憋着回了家

然后我看到的
是一群民工推着一辆大客车
在乡村公路上缓缓前进

老瓦山之夜

风吹过山冈,风吹过河流,风吹过夜空

夜半咳嗽不止的人起身关上窗

那么辽阔的山冈

那么幽暗的河流也被关在外面

月亮照过来

像一个孤儿在寂静中敲黑夜的门

孤独的湖水

我爱孤独的湖水,在高高的山上

活在自己的平静中

我爱神秘的力量把它放置在山巅

像神的一面镜子,只映照高处的事物

我爱它不自损益,安静而丰盈

我爱它安静中偶尔也映照人间的幻象

清亮、无源,长着普通的水草

养育着凡俗的鱼虫

也让我在其中看见沾满尘土的自己

风中的鸟窝

水边苇丛中有一些鸟窝在风中轻轻摇摆
小小的窝,小小的风,像
两个人的默契。它们精致地挂在苇秆上

或许是黄鹂的
也或许是苇丛中更多不知名的鸟儿们的
当割草的船只在不远处出没
我看见小鸟在苇尖上一会儿跳上
一会儿跳下,有不易察觉的恐慌和不安

这是大青山的十月,秋阳浩大
我的母亲正在梯子上用苇草加盖屋顶
寒潮还没到来,风一遍遍
吹过苇梢,像半山寺午后伴经的沉钟声

小镇上的锦雉

锦雉是近些年多起来的,小镇因此用锦雉
作为野味来招徕游客
这是幕阜山中容颜仅次于白鹇的靓鸟
味道远比不上麻雀和斑鸠
仅仅因为美,成了人们的猎物
锦雉不是爱惜羽毛的禽鸟,也不擅长飞行

它们在矮灌中穿梭，行动往往

受累于漂亮的羽毛，但小镇每座小酒馆前

都有锦雉，这是我没想到的

从西边桥头客栈到东边下港油作坊

我看到锦雉一只比一只漂亮

笼中只有一只的都在焦躁不安地走动

成对成群的，都安静地在笼中

像因爱而蔑视死亡，因团结克服了恐惧

秋 阳

秋天来了，屋顶南瓜长不动了，在屋顶

趴了下来，昆虫在动用私刑

把冬瓜叶咬成网状，露出它肥硕的身体

我无所事事陪母亲在屋前晒太阳

云朵在天空游走，母亲养的槐鸭在池塘

伸出天鹅一样的颈脖。很多年

我一直在故乡来去匆匆，好像从来没有

像今天这样奢侈享受过秋日的阳光

我想这对母亲同样是奢侈的

一只七星瓢虫从脚前的南瓜叶上飞起来

我才发现它也有翅膀，阳光照着

母亲头顶的白发，也照着我发白的双鬓

坐着坐着母亲就睡着了

嘴角还留着安详而满足的笑容

阳光静静地覆在她身上，像一支摇篮曲

悲伤不分大小

那年冬天我的父亲离开人世
漫长的时光都在雨雪中
把父亲送上山后
母亲才开始准备过年的物资
不到半缸的晚稻米
一箩筐玉米粒和两箩筐红薯
仅有的小半刀腊肉
除每天送到父亲的坟前外
一直到元宵节那天
才切下一小半烧了一碗萝卜
正月十五元宵一过
我背上行囊到外地去上学
剩下的腊肉
都被母亲塞进了我的包裹里
那天天空凛冽而辽阔
母亲和姐哽咽着
把我送到南江河的渡口边
我看见瑟瑟寒风中
悲伤不分大小
就像大地上的河流四面八方

在霍童溪云气诗滩

霍童溪边有一片乌石滩，一首首诗歌
将使它获得新的意义
我们喜欢诗歌对万事万物的命名
喜欢这些石头在诗歌中重新浮出人世
我想那个在石头上镌刻诗歌的人
一定有什么东西同时在他的心中镌刻
那些石头千里迢迢来到这里
一定是为了赶赴今天这场美丽的约会
你看，一块块坚硬的石头怀糅了柔情
这多么富有人生的况味
这秘密的遭遇，多像我们心仪的爱情

随笔　诗人是什么

谈到诗歌，我们一般都会谈到诗人是怎样一个形象，进行贴标签、归类，并加以区分。实际上，我们赖以描画诗人形象的文本往往是一个个历史的、已经抽离诗人更为细致的真实生活的碎片。

比如屈原和杜甫，一个处于先秦战国时代，一个处于唐代，那个时代没有摄影摄像技术，他们两个也没有留下画像，但我们好像对这两个人的形象很熟悉。屈原是戴着高高的帽子、反背着双手、仰头问天的形象。杜甫则永远是那个干瘦的、望着远方的、一副忧国忧民状的形象。这两幅画像都是后来人凭想象虚构的，他们被后人所接受，并在我们的头脑中被固定。

屈原在《天问》中一连一百七十一问，问天地自然之恒道，问现实人生之无常，其中很多是明知故问。为什么会有这样的天问？心中忧愤难解。联系他其他的诗歌及被流放的经历，后人就给他画了这样一个行吟泽畔的问天形象。同样，杜甫生于唐代由盛转衰时期，一生历经时代动荡，颠沛流离，诗歌悲天悯人，感时伤事，关心民间疾苦，后世人们就将他描绘成忧国忧民的样子。

这样两幅画像当然都是由画家想象加工而成的，但形象背后对应的显然是他们的诗歌作品。所以，在很大程度上，当我们问诗人是什么，我们一部分问的是诗人，更多问的是诗人的诗歌作品。是诗人作品呈现的思想和艺术追求塑造了他们的形象。

有人说，文学不需要思想，也不必追求什么意义。这无疑是一种偏激的论调。我们整天说各种思想，唯独忘了我们自己也应该有思想。任何时候思想并不专属于某个人或某类人，我们可以认同某种思想，但也要有自己的思想。思想就是各种信息进入我们大脑，经过大脑综合、分析、整理后形成的、可以指导我们行为的意识。一个人只有有思想，才能真正成为他自己。帕斯卡尔说，作为人，我们必须好好地思想，这是道德的原则。为什么帕斯卡尔把人是否去思想提高到道德层面，我想无非是强调一个人具有独立思考能力的重要性。

对于一个生产精神产品的写作者来说，他必须有思想，并使自己的写作朝着有意义的方向努力。

唐代人提出"士先器识而后文艺"。意思是读书人先要有气度和见识，然后才谈得学习写作和研习六艺。我觉得这对今天的诗歌写作仍然是有效的。为什么有些写作者的作品有华丽的语言、令人目眩的技艺，却总给我们平庸之感，就在于在他的作品中，我们看不见他本人在什么地方，看不出他的情感、思想和立场在什么地方。他的作品就像一尊蜡像，有完美的躯壳，却没有思想、血液和灵魂。

文学是有大道的，无论我们怎样标榜自己的主张，它终归要回到一条健康端正的大道上。文察世道，诗问良心，我一直认为文学的大道就是世道良心。贾平凹说，关心精神是文学的大道。我想无论是世道良心还是关心精神，它的前提应该是作家要有思想，有独立人格和对人生的基本信仰和价值观。诗歌是人类最古老的艺术形式，它的发展是人类意识不断产生新的洞察力的结果，如果一个诗人没有思想，没有器度、情怀与见识，始终只能是一个平庸的诗歌写作者。

所以，当我们谈论一个诗人的形象时，我们谈论的其实是诗人作品中的人格构建。这种人格构建和诗人作品呈现出的思想、情怀以及艺术追求密切相关，也和诗人如何处理他和自然、时代、社会、他人及自我的关系密切相关。无论我们如何标榜自己的独立性，世界上是不可能存在完全独立于社会、时代之外的个人的。一个诗歌写作者必须通过写作表明自己在这个时代里面，以及自己跟这个时代的基本关系。

这种基本关系不是让一个诗人去迎合某种东西，而是我们希望能够通过诗人的诗歌写作去指认他的真实形象。

我们常说诗歌具有强烈的自我个性和神秘特征，这种个性和特征是建立在每个人的经验基础之上的，它既不是经验的重现和还原，也不是经验剪辑和拼凑，而是在对经验深刻体会之后的一种重建。

诗人正是在他以纤细的心、博大的情怀和深刻的见识，为大地上所有生命、他所在的民族以及所处的时代，予以最真实、最深情的不倦歌吟中留下他的清晰影像的。

池凌云

生于1966年,浙江温州人。
著有诗集《池凌云诗选》《潜行之光》等。

代表作 玛丽娜在深夜写诗

在孤独中入睡,在寂寞中醒来
上帝知道你是什么样的人,玛丽娜
你从贫穷中汲取,你歌唱
让已经断送掉的一切重新回到椅子上。
你把暗红的炭火藏在心里
像一轮对夜色倾心的月亮。
可是你知道黑暗是怎么一回事
你的眼睛除了深渊已没有别的。
没有魔法师,没有与大海谈心的人
亲爱的,一百年以后依然如此
篝火已经冷却。没有人可以让我们快乐
"人太多了,我感到从未有过的寂寞"
为此我悄悄流泪,在深夜送上问候。
除此之外,只有又甘甜又刺痛的漆黑的柏树
只有耀眼的刀尖,那宁静而奔腾的光。

新作　他们在下棋

新浇的柏油路上……

清晨，当我去山中散步，
像进入一个凝固的空间：
新浇的柏油路上，小蛇与青蛙
被半压进路面，数十只蜻蜓
陷进黑得发亮的沥青中，
它们想要飞离的样子——彩色
而透明的翅膀
奋力张开，痛苦而惊惧。

它们是要在路上停歇，还是想
察看一片新的荒原？但是太黑了
即使有惊人的复眼。
当它们在夜晚飞行着降临，
没有一只人类之手
抛出一片救命的落叶。

每一条黑色的黏稠的道路上，
是否都沾满了折断的彩色翅膀？
在那个难忘的夏天，我以为
见到那么多堪称完美的羽翼，

而我全部的发现就是——在我决心
永不伤害它们的时刻，
一条崭新的道路，将那么多
泪光闪闪的生命送到我面前。

我的嘴唇尝过雪的滋味

我的嘴唇尝过雪的滋味，
我的歌慢慢转向静默，
当轻柔的风越过暗夜的栅栏，
人们不会知道这是歌谣中的第几首。

雨点落下时我躲在陌生的屋檐下，
热情的流水和弦乐
恰如无名之爱的抵达，
都曾是珍贵的酬劳。在雪的深处

我的旅程迷失，却没有结束，
梦境苦涩，可也有难以形容的蜃景。
在正午，我曾热衷于描摹灰烬，
现在我赞美光，却一天天厌弃了自己。

在雪的深处，我写下终将消融的
词语，言说的花瓣，那让我们
继续的慈悲。我仍是你——

一颗流亡的心的知己,我瞅见

这雪的飞奔,雪的加冕,

一切语言到达的艰难。

称我为"我们",而我

像一个局外人那样活着,

打开书本,数着新的悲伤……

请让我尝尝雪的滋味,再一次……

他们在下棋

还要再过些年头,才分出胜负。

也许不会有结果,因为有人在中途

毫无征兆地离开。一开始

他们并不难过,谁也没把谁孤零零留下。

他们只是筑城墙,手无寸铁

却屏住呼吸或喃喃自语,

像真的掌控着千军万马,

他们以为这游戏会持续几十年,

然而提前离开的人不管这些。

即使棋高一着,最终还是无从下手。

他们都哭了。折戟沉沙

疼痛,出现在睡梦中。

那曾经危险的陆地,在每年春天

茂盛起来。他们为失去的
点燃蜡烛,写下离去的对手的名字
静待一个个战事平息。
那时,他们从各自的居所出发,
喝一杯烈酒,策马而来
开始四国大战,有人扬鞭
马鬃就在棋盘上空飘荡。
他们高声争执,用嘴、用手争夺,
在一个不属于他们的世界里
彻夜征战,直到其中的一个
放下棋子。他们不知道
这么快,有人出局,并且永远离开。

鹊华秋色图

两座山遥遥相对,世上
最好的情谊,如果以此来称量,
鹊山与华不注山一定会同意。
这天真而葱茏的骨骼,
令人惊讶的相伴
让造物之唇叹气。

那年秋天,泽地和河水极尽所能
从近处伸展到远处的地平线,
无法抑制的仰望

笼罩策杖之人,在时间之外
沉入微黄的空气,淡青色
与青花色在山峦回荡,
让所有行走变得趔趄。

当一群掠地而飞的沙鸥
引领壮士之心蹒跚回家,
自然之美,依然含蓄:
杨树与稚松都细如发丝,
虫鸣从汀岸流出,经过芦荻
就像经过生与死。

所有风光都进入循环往复,
平川洲渚,红树青枝,
牧歌中恬静的羊群,浑然不觉
一个奇妙的世界已经到来:
大地深处升起光辉,
一些东西正温顺地枯萎。

过三都澳灯塔

我们坐船去古老的教堂,经过马樱丹
与三都澳灯塔。船上的人
倚靠船舷拍照,那位留络腮胡子的男士
坐在前面,依然对我不理不睬,

因为早一天用餐时，我拿不稳餐盘
菜汤溅上他的衣服。我无奈
再也找不到从容用餐的方式。
我们在大海上，船舱的门
通向波浪，谁都无处可去。
对着一片发黄的海域，我无意
探询一座灯塔的孤独与平静。
我在内心揣度另一段悲伤的旅程，
脚抬起，却无法踩到某一块踏脚石。
我不再感到饥饿。四周的激流
与暗涌，如奔马扬起鬃毛。
再过几个时辰，夜晚就要来临，
群星在塔尖升起。一个吞食着塔尖的
穹顶，将在高处打量我们。

[随笔] 诗的治愈或万物的朦胧愿望

"艺术是万物的朦胧愿望",诗歌作为语言艺术,要开掘精神的深邃世界,是如此艰难,又领受召唤,如翻滚的波涛在混沌中永无止境地奔腾向前。"让他的声音与那最辽远的空旷联系在一起,让那远方也将我们连紧,直到它将我们拉过去……"这是让一首诗诞生的理想状态。在《论诗人》一文中,里尔克从帆船上的划桨者、蹲守在船尾歌唱的老者身上领悟到诗人的处境与意义。

诗人在孤独中积聚力量,融会到这种现实中,接受诗神的赠予,开始诗歌的事业。但是,现实之中,不少幻觉破灭,体验变得严酷,我们熟悉这种现实,却常常苦于无法发声。不知道从什么时候开始,人们的生活没有安全感,这是一种真实,应该承认它的存在。在诗人的经验里,应该有一种学识是结识这种现实,掌握这种梦想破灭的感觉,体会被粗暴对待的生活体验,并把它表现出来。日趋恶化的自然环境、人与人的关系、战争、核武器等等,让人越来越没有安全感。我们不知道明天会发生什么。

如果诗人的一生都在收集诗歌的意蕴和精华,那他必然也要从这些不好的现实中观察与感受,必然聆听痛苦之人的号叫,甚至与这痛苦之人做伴,让那号叫化为自我身上的鲜血,与自己融为一体。只有这样,最深处的诗句才会从杂乱的日常中站出来。

诗歌对一个人的心灵发生的作用,就是衡量一首诗的价值和尺度。一首诗具有的真诚,除了作者的真情实感,还要有对真实的触碰——所有一切不是伪造的,是来自真实的热情,真实的情感深深地卷入面对的事件。

而作为写作者，让一首诗进入现实，应该不以被需要为目的，被阅读、理解与接受，只是相遇的一种方式。诗歌与其他生命发生联系，就像一种祈祷，人与人互相依赖，在善意的关怀中前行。

我常常问自己，诗歌应该以什么为目标？诗歌必须对生命保持热情，对美的事物保持热爱。但表面看来，一首诗可能只满足于自己，一首诗体现出来的智力、趣味，让我们知道诗之美。世界给予诗人的感召，诗人借助诗行来完成。诗人坐在书桌前写字，脊柱挺立，但过了若干年，某一个夜晚，诗人感觉到脊柱一节节松下来，伴随着一阵阵酸痛，他再也不想挺直脊背，他愿意弯下身躯哭泣。现实的一切让他疲惫，他无力再去抗衡。但许多好的艺术不正是这样诞生的吗？难以企及的高度或彼岸，费力追求的新颖，永隔一张纸的距离。但是作者眼里有些什么，这是无法掩盖的。

"一个纯属个人的文字世界是不可能存在的。"诗歌的媒介不是它的私产，诗人无法创造自己的语词，这语词并非大自然的产品，而是为了无数不同的目的使用语词的人类社会的产品。

写作，或者缄默。开启对真实的热情的追求，或者缄默。这样的写作，必然与每一个生命都发生联系。像里尔克在划桨者中观察到的年老的歌者，以最辽远的空旷将我们连紧，直到它将我们拉过去……这就是诗人的处境，诗人在时间之中的位置与作用，这"处境"，也就是诗人的意义所在，也就是——让诗歌与每一个生命都发生联系。

与此同时，诗歌的另一部分必须设法冲淡服务与某种社会功能的元素，使诗歌服从真正该服从的要素，那就是美，或者对美的热情追求。毕竟，诗中不可少的一切，正是可能与它毫无关系的一切，许多诗歌的可能性就来自那未名之义。保持适度的热情，却不要害了诗歌功能论的热病，最终，除了诗歌本身的要素以外，其他的元素与诗都只能是间接的关系。因为现实的太多缺憾，因为生存的重负与不安，我们仍然得围着那神秘的诗之核心游走，用尽一切办法去靠近，去完成那难以完成的诗篇。

汪剑钊

生于1963年,浙江湖州人。
著有诗集《诗歌的乌鸦时代》《比永远多一秒》等。

代表作 冬至

是的,已经是冬至,
我独自把每一个字与词挨个掂量,
赶在群体性雪花飘落之前。

感情降到零度,
去掉负数,也去掉正数,
一切重新开始,
在镂空的树洞触摸成长的意义。

我,站在我的身外,
眯眼端详无谓忙碌的一尊躯壳。

从今天开始,尝试重新做一个婴儿,
与环形的符号成为亲密的邻居。
手握一枝乌鸦遗弃的枯枝,
享受自由涂鸦的快感,接受声音与象形的爱抚……

哦!感谢母语,这皱纹密布的汉字,
美是艺术的初恋——蓦然回首:
诗,再一次逼近生活的内核。

冬至日的夜晚,在入九的寒风里哆嗦,
有点沮丧,但我不绝望。

新作 **伊雷木湖**

喀纳斯,你还欠我一张合影

漏过云层的月光
轻轻击打水仙与勿忘我簇拥的小径,
蘑菇在断树的伤口里疯长。
天空是一位慈祥的母亲,
敞开一个更为博大、幽深的湖泊……

今夜,卸下面具的矜持,
把自己放逐给烈焰似的酒精,
放逐给芬芳四溢的羊粪蛋,
放逐给触手可及的星星……
一路驱赶清波荡漾的歌声,

犹如放牧一群调皮的野山羊。
夜幕,这黑底的铜镜
依稀映照灵魂的残缺,
心形的节疤反衬落霞的折光,
一粒松果躲在暗处哭泣:

喀纳斯,你还欠我一张合影,
一个美与孤独的拥抱……

诗歌是另一条高速公路

诗歌与路的亲密由来已久，
这并非传奇，更不是高蹈的象征；
作为生命的大美——艺术的纯真，
太阳给出热烈的支持，
流水也曾给出切实的证明，
一群快乐的麻雀追随一片透明的云彩，
飞向蔚蓝的远方……

风，与光在旷野里交汇，
蒲公英与泥土结成新的同盟，
把石头夯进地的深处，
哦，筑路的人
永远走在路的前头……
沉默，成为白昼最忠诚的旅伴，
丈量生命的长度；
而在暗夜，他们是隐蔽的
灯盏，穿越身体的屏障，
与月亮遥相照映。

或许，玫瑰习惯为夏天而叹息，
夜莺热衷于歌唱甜蜜的爱情……
而我看见，在尚未竣工的道路上，
尖细的石粒正硌痛筑路者的大脚板，

握紧镐铲的黧黑如焦炭的手掌……
汗水从略显佝偻的脊背
滚落，滋润着干渴的路面，
一根根经脉凸起，
仿佛扛起了世界的基座……

为此，哪怕嗓音如同乌鸦，
哪怕头顶一道比铅铁更沉重的雾霾，
我也要再一次抒情：
哦，诗歌是另一条高速公路，
伸向精神的蔚蓝……

伊雷木湖

到了秋天，湖水已经很凉，
虽说尚有夏天的余温，
从车窗向外看去，一轮血红的夕阳
撞击着戈壁滩上的砾石，
不免为人生感慨，不免
恣意联想，想象伊雷木的内心多么寂寞，
堪比沙漠中的一棵绿玉树。

远眺，黛色的岬角阻挡了视线，
唯有白杨的羽毛在闪烁，
我听见簌簌的苇草在低语：

伊雷木，伊雷木实际是一个美的旋涡，
储存了一亿光年的眼泪，
可以把阿尔泰山冲刷成平原，
湖底的钻石将点燃一座隐性的火山。

一只野鸭在水面凫游，
划动双蹼，打捞星星碎片似的波光；
湖边的山羊发出咩咩的叫声。
伊雷木，来不及与你握手告别，
捡一块石头揣在怀中，
我相信，风带走的一切，
雨必定会还给它。

额日布盖峡谷，山羊与白光

褐红的山脊，
空心的岩层下静躺着恐龙的骸骨，
岩顶，石质的狮子已蹲伏了数万年。
无意间走到木栈道的边缘，
蓦然，我的目光撞到了一只山羊的眼神，
彼此对视了三十秒，我不由得读出了异类的不安与惊恐，
这恰好与峻厉甚至狰狞的峰岩形成鲜明的对照。
显然，我的脚步惊扰到周围的宁静，
使它不能专注地享用草的美味，
那标志性的胡须似乎飘动着一丝儿不满。

仅仅只有一秒,这不安就传染到我的身上,
为此,我羞愧不已,后退,
并把三十分钟前捡到的一块鹅卵石
轻轻放下,顺势也轻轻放下好奇的初心,
踮起了足尖,退向峡谷的入口。
此刻,山羊似乎读懂了人的心意,
敏捷地攀爬在山腰,继续享用美味的青草,
不曾说再见,也无须说再见,
事实上,它和我大概真的永不会再见,
但这,又有什么关系呢?
狮子依然肃穆地蹲伏,
远处,意外地闪现一道祥和的白光……

霍童溪

溪畔,我看见
浑圆的鹅卵石在水中漂移,
而诗歌在粗粝的礁石间不紧不慢地穿行,
高挑的芦苇颔首行礼,矜持而温婉,
阳光悄没声儿地击打水面,溅起小小的涟漪,
为白云的倒影镶嵌一道道金边。

绿,在茂密的茶园里欢快地流淌,
畲族姑娘灵活的手指在近乎透明的叶尖
翻飞,仿佛一群调皮的小燕子。

红豆杉制作的木管形如尖锐的牛角，
发出中气充足的欢迎辞。

一个身披白纱的新娘，
轻轻挽起百年榕树的一只手臂，
倾诉流水似的思念；
一位饱经沧桑的渔夫不断地撒网，
打捞昨夜遗失的一枚水月亮。

此刻，在一架古筝旁边，
我伫立，屏息等待一个神秘的来客……

[随笔] 诗歌的意义蕴藏于人性

　　生存激发了人的劳动本能，劳动则不断地凿刻着进化的人性。诗是人性在语言艺术中的隐喻，是美在现实生活中的文字呈现，亦即人类文明的标志之一。从某种意义上讲，一个没有诗歌的民族是一个野蛮的民族。

　　上述这一点，从诗歌的发生学来说，可以得到证实。根据专家的考证，最初的诗歌便起源于劳动者的号子，人们在繁重的劳作中发现，有节奏的呼喊不仅可以减缓疲劳的压力，而且可以唤起共同的感受，与自然和他人建立一种隐秘的联系，让内蕴的生命潜力得到尽情的发挥。于是，人类最早的文学体裁由此诞生，形成了一套有别于日常话语的言说方式。应该指出的是，诗歌在诞生之初便与人们内在的精神生活密切相关，它是人类整个精神发展史上不可或缺的重要章节。

　　中国是一个诗歌的泱泱大国，诗歌对本民族的精神传承起过至关重要的作用。诗歌的读写能力曾经是古代知识分子怡情养性、安身立命、治国理家的基本功之一。诗歌语言的精练、简洁、丰富和内敛，长期在汉语中占有优先的地位。考察一部中国历史，我们不难得出结论，倘若没有诗歌，中国的文明成果便会大打折扣。

　　可是，诗歌在中国古代社会中的隆崇地位恰恰也为自己埋下了一个暗礁。众所周知的是，在相当长一个时期内，诗歌由于其表达的快捷性，被人们赋予了一些它原本并不具备的特质，把政治学、宗教学、伦理学应该承担的责任安放到了它的头顶。它也因此承担了许多本不属于它的义务和职能。这种做法所导致的后果便是，诗歌最根本的品质——抒情和审美的功能严重受创。于是，我们看到，在那种氛围下"创作"出来的诗歌，除了外形（分行、韵律等）以外，总体上已被那些非诗的成分包裹了起来。这样，诗歌的外延由于不加节制而膨胀，它也就在不知不觉间丧失了自己的本性，并最终弱化了人们对这一文体的尊重和热爱。

近年来，伴随着中国经济的高速发展，一部分功利主义思想和生活原则受到鼓励，悄悄地滋长了起来，甚而占据了舆论的主导地位，许多人的价值观和生活方式逐渐向物质一极倾斜。于是，他们短视的目光便由从前的"诗歌万能"误区转向了当下的"诗歌无能"误区。应该承认，当今我们社会的物质生活水平在整体上已有了很大的提高，可与此不相适应的是，精神生活却表现出一定程度的下滑趋势，在功能上受到误解的诗歌更似乎被有意无意地忽略了。想象力的萎缩、思维的简单化和幼稚化驱使人们轻易就选择了快餐性的读物，有时甚至更愿意在"读图"的快感中消磨自己。尤其悲哀的是，普通读者和专家们在对诗歌的漠视上似乎如出一辙。每次走进书店，我们不能不尴尬地看到，在琳琅满目的各种实用性、消闲性的印刷品中间，诗歌作品已成了一个比灰姑娘更可怜的角色，往往蜷缩在十分尴尬的位置上。

这里，我想说的是，诗歌目前的这种困境并不意味着诗歌不被人们所需要；恰恰相反，置身在一个诗性缺乏的时代，或许最需要的就是诗歌的出现和存在，这正如在荒漠中最需要的是水和绿色一样。如前所述，诗是人性在语言艺术中的隐喻，是美在现实生活中的文字呈现。我们知道，人与动物的最大区别就在于，人有思想和感情，有想象力，有对美的事物的敏感，有对超现实空间的向往，并且渴望人与人之间精神上的沟通。所谓"文学是人学",也正是在这一基础上确立的命题。因此,诗歌作为"文学中的文学",更是不容放弃的事业。

其实,在人们的心灵深处,诗歌仍然是生活的核心内容之一,是他们渴望抵达的一种境界。这从"诗意"这个词被广泛地运用就可以得到证明,它几乎成了世间一切美好事物的代名词。而在日常生活中,一部分诗歌的智慧甚至转移到了广告词和手机短信的写作中。因此,我们说, 只要这世界有人类存在,诗歌就不会消亡。

诗歌的意义就蕴藏于人性,我们则可以通过诗歌看到最美好的人性。

树才

生于1965年,浙江奉化人。
著有诗集《单独者》《树才诗选》等。

代表作 单独者

这是正午！心灵确认了。
太阳直射进我的心灵。
没有一棵树投下阴影。

我的体内，冥想的烟散尽，
只剩下蓝，佛教的蓝，统一……
把尘世当作天庭照耀。

我在大地的一隅走着，
但比太阳走得要慢，
我总是遇到风……

我走着，我的心灵就产生风，
我的衣襟就产生飘动。
鸟落进树丛。石头不再拒绝。

因为什么，我成了单独者？

在阳光的温暖中，太阳敞亮着，
像暮年的老人在无言中叙说……
倾听者少。听到者更少。

石头毕竟不是鸟。

谁能真正生活得快乐而简单？

不是地上的石头，不是天上的太阳……

新作 我猜

桂花

桂花香了一年
在一只小香包里

小叶子七岁了
她是小香包的主人

我喜欢她,她就把
小香包打开,给我看

她抓起一小撮闻了闻
说桂花干了不香了

桂花干了的时候
香味也干干的了

我也抓起一小撮
放到鼻子尖下闻了闻

分手时,她把一小撮
干桂花放到我的手心上

她说你是树啊这样

你就可以开花了

小叶子啊小叶子

你的话让我好开心

开心的时候,一棵树

就把很多叶子当花开了

我猜

两只荷包蛋坐桌子上

我猜,肯定有一只

藏进小叶子的肚子里了

这是吃早餐呀

还有两小碗粥

我猜,肯定也是

你一碗,妈妈一碗

吃饱了,好一起出门

还有一碟红樱桃呢

多少颗?——数不过来!

吃樱桃时,谁

还有闲工夫去数数呢?

三只小馒头吧
圆得像三只包子
小叶子吃了几只？
我猜，一只，或者两只
也可能，三只都吃了

哦，还有杨梅呢
我猜，总共八只——
但我只看见了七只
小叶子，杨梅吃多了
你的嫩牙齿会酸倒

这是吃早餐呀
我猜，水龙头刚醒来
被子还躺在床上睡懒觉
碗筷的声音，伴着
小叶子偶尔的说话声

湿是什么滋味？

今天窗外下雨，我就
躲在屋里，写字、看画……

我冥想"抽象"这两个字
你说，抽象是像还是不像呢？

他为什么只用色彩作画？
颜色的形容词，你知道有多少？

形容词肯定不会比颜色更多
颜色本身变啊变啊变啊……

变到傍晚时，雨就停了
我闻到了大街上湿的滋味

湿的滋味又是什么颜色呢？
好像有一种灰灰的土腥味儿

后来我靠在一棵梧桐树上
树干让我的肩膀凉凉的

哎呀，我又得问小叶子了
湿会是一幅抽象画吗？

突然一块树皮蹭着了我脑袋
我回头，它也瞪了我一眼

嗨，树皮上长着一只眼睛
它正湿湿地对我说话呢

"小叶子睡觉时梦见杨梅，
从嘴角溢出了湿的滋味……"

水菩萨

——致敬黄鞠公

那是我对水里摸出来的
那座小石像的尊称

最早雕了十余个。如今
只剩下这最后一尊

那天,那个穿高筒靴的
中年男子,捧着它

从齐腰深的水里上了岸
笑眯眯像得了福报

大家围着他,听他讲述
这座小石像的来历

那是早在613年的事了
黄鞠公,率领众人

从"龙腰"凿出一条隧道
引水灌溉百顷农田

这座小石像就是在那时
雕的，藏身于水下

应该是一处隐蔽石窟吧
千余年来护佑水渠

小小的石像我捧了片刻
心仿佛掂量着隋朝

水里也有菩萨吗？如果
有，那就是黄鞠公

随笔 谈谈"节奏"问题

节奏之于现代汉诗,是个问题吗?本来不是。但一经询问,便成了问题。问题是人问出来的。为什么问?因为遇到了困难。

节奏,就是我在写作中切身遭遇到的困难。

我把节奏视为新诗以来汉语诗歌写作的本质性特征。押韵一去,新诗在诗体上的尺度感顿失,散文化一直是令诗人两难的头痛问题,一方面它有"松开"的功效,另一方面它又有"散漫"的可憎。近年来的叙述"洪水",终于使写作一"泻"千里:形散,神也散了!"口水"这一贬词,无疑是一记警钟。每一个当代诗人都应该有所内省,因为"口水"式写作已经把诗歌对语言的要求降到历史上最低的水准了!当诗失去其本身的"难度"时,一切句子都能混入"诗句"的行列,也就从根本上取消了"诗"。

我以为,自由诗是上了"自由"两字的当。新诗又叫自由诗。但诗什么时候"自由"过?自由,是指诗的精神,诗人对语言的探索和创造性妙用。只有诗人的心灵想象力和语言创造力同时抵达时,一首诗才可能是"自由"的。须知,诗的创造永远与诗写作的困难相连。诗的困难越大,诗的自由也就越大,它们是成正比的。从来就不存在没有"困难"的诗歌写作。所以,比较而言,新诗比旧诗更难写了,因为更难写好。所以,必须重新把目光聚焦于诗的"困难"。

目前,诗的困难,就是节奏。诗歌写作一直就是难的,甚至是难上加难的事情。难就难在对语言的要求,对节奏的要求。把一句话说活,是难的;把一句诗写活,就更难。一句诗不是你想怎么写就能怎么写的，它取决于你和语言相遇时发生的那种活生生的关系。与一个人的表达愿望相比，语言总是别的东西。难在使用。谁都在使用语言，谁都想表达一点什么，但诗要求诗人在"活生生"的程度上妙用语言，使之生动、鲜活、富于意味。这种语言的工作，这种语言的劳动，其难度我们怎么设想都不会过分。

诗歌与小说、戏剧、散文等相比，也许只有一个"本质"的区别：节奏。那么，小说和散文就没有节奏吗？有。但小说和散文的那种节奏，还不是诗歌的"节奏"，因为前者达不到后者必须具备的那种强度。"那种强度"是什么？这必须结合语言和生命的关系来谈。严格说来，一首真正的诗的节奏，总是与诗人的"生命呼吸"（有时自己都不察觉）有关。

当我说一首诗的节奏的时候，我是指我听见了那首诗在"呼吸"。当然，它不是通过肉身的"一呼一吸"在呼吸，而是通过语言的"张力关系"在呼吸……小说和散文的节奏，离不开"叙事"本身，它是行文本身的一种起伏，是情节发展的各种转折，一句话，它屈从于"叙事"本身。而一首诗的节奏，完全是这首诗的形式本身，是这首诗的"命根子"。

极端地说，正是语言节奏"生成"了一首诗的血肉之躯。抛弃了格律和韵脚的可见可听的外在特征之后，人们凭什么说"这是一首诗"？只能凭语言节奏。节奏像气血一样，流贯在一首诗的全身，并且通过这首诗的意象力量，使这首诗的"意义"不光是它所写出的，还喻示它未写出的。一首诗的节奏同它的"意味"紧密地生长在一起，一句话，诗歌语言从本质上说是一种隐喻语言。

当一句诗"叙述"什么的时候，实际上它仍然是一种"伪叙述"，仍然是对抒情的一种"奉献"。说到戏剧，它是需要人去"演"的，它的节奏是演员和剧情相遇时的一种现场"说话"状态。不管怎么说,"节奏"(甭管它是内在的还是外在的)是一首诗的语言生命的呈现方式,也是一首诗存在下去的美学理由。

诗到现代,一个大的突破,就是让"形式"找到了新的意义。古体诗的"形式",可以就整个诗体而言,而现代诗呢,"形式"只在每一首具体的诗中,甚至可以极端地说,"形式"就是每一首现代诗本身。这"形式",同上面论及的"节奏",其实是一体两面。

新诗不押韵为什么还可以是诗呢?因为新诗就是为了打破押韵,但不是为了打破而打破,而是因为它变成了一种必须打破的外在束缚,因为押韵本身作为诗艺也已经烂熟到了必须被"新诗的语言表达需要"抛弃的地步!

新诗的"新",就是不押韵,或者说押不押韵,对新诗来说变得不重要。重要的是什么?是节奏。节奏产生于诗人在每一首诗中对语言的妙用。

安琪

生于 1969 年，福建漳州人。
著有诗集《极地之境》《美学诊所》等。

极地之境 [代表作]

现在我在故乡已待一月
朋友们陆续而来
陆续而去。他们安逸
自足,从未有过
我当年的悲哀。那时我年轻
青春激荡,梦想在别处
生活也在别处
现在我还乡,怀揣
人所共知的财富
和辛酸。我对朋友们说
你看你看,一个
出走异乡的人到达过
极地,摸到过太阳也被
它的光芒刺痛

舞狮少年 _{新作}

狂风之狂

我确切地感受到风墙狠狠挡住我前行的脚步
在这样一个狂风呼啸的上午

我伸手却摸不到风在哪里
墙在哪里

我抬脚却迈不开心里想要的步伐
我站立
和无形而存在的风做一刻的交流
直到它改变主意
从后面推我一把
这使我又迅速往前跑了几步
要刹不住了
这风!
我仿佛要跌倒般当我抬起左脚,或右脚
在风面前我多么单薄可风在哪里
强大的催促我恐吓我的风在哪里
铁皮屋顶哗啦啦翻滚而下
所有摇晃的窗户
所有招牌,都是风的武器公之于众
狂风肆虐的露天马路

不是你和风对峙的地方

风没有身子
却无处不在

林中路

所幸还能在迷路前找到通往你的
或者竟是你预先凿出等着我的路!
陌生的城市
我抛弃前生
脱胎换骨而来
我已不记得走过的山
路过的水
我已被错乱的经历包裹成茧
就差一点窒息
我已失语
一言难道千万事
我爱过的人都成兄弟
继续活在陈旧的往事里而我已然抖落
我说相逢时不妨一笑但别问我今夕何夕
别惊讶
我麻木茫然的面孔犹存青春的痕迹
因为我曾死去多次
又新生多次

所幸还能在最终的绝路将至时猛然踏上

你的路

林中路

史前人类对死后世界的想象

当我掉出人世

我被死后的世界收留

我被换上白色衬衫，和一群陌生人一起

我们握手

拥抱

询问各自来处

大都茫然不知前生

偶尔我们也打架

寂寞

独自留下伤心的泪水

（他们说那叫雨）

获悉在此我们再也不会死

我们欢呼（他们说那叫雷）

跳起篝火晚会（他们说那叫闪电）

我们气喘如牛（他们说那叫风）

我们东倒西歪

随处歇息，扯一片黑暗盖上

他们说天亮了

他们劳作，干活

一旦我们掀开黑暗继续狂欢

他们就该睡了

舞狮少年

舞狮少年

你看不见他的脸

他们披上狮子的外衣,模仿狮子的

腾、挪、跳、跃

在一米高的铁柱上转身

扑球

吓得你不断惊叫

舞狮少年

一个舞狮子头

一个舞狮子尾

究竟要摔打多少次才能把一件狮子布衣

舞成一头

真正的狮子？！

究竟要在黑暗中哭泣多少回才能迎来

阳光下的掌声

和喝彩

舞狮少年

我看见你们从狮子的头狮子的身

钻了出来

表情严肃

如同从来不笑的狮子

在哈尼梯田伟大的劳作让我们失语

你掏出手机

翻寻出哈尼梯田的冬日之景

收割后的田野宽窄不一,豢养着水

和水里的鱼儿它们游动的影

豢养着天空令人欲泣的深蓝和浅蓝

豢养着永不缄默的云朵它们的白,或黑

豢养着微风或狂风、微雨或暴雨

豢养着风过梯田翻爬山梁般一层又一层

你见过一千道一万道的山梁吗我没有

但我见过一千层一万层的梯田在坝达

在元阳

我见过夏日哈尼人的劳作养育出的禾苗青青——

这锄头饱蘸汗水开垦出的活命的梯田

在我们的眼里称之为艺术

崙山岛

你几乎走遍了祖国各地唯独没来过崙山岛

你应该来,带着你黑暗中翻身跃马的能量

你炯炯的眼神

将在云团密集的此刻燃烧,并且欢呼如同新生

孤独已被站立不稳的大风吹散
现在是雨过的时候，天晴的时候，现在
我几乎是一口气来到臆想中的人间啊人间天上
我几乎来不及准备盛放幸福的瓦罐
就让幸福满满流溢

我想骑着你豹子一样的呼吸来到崙山岛
一个矫捷的形象
没有过程，也不做无谓的求证
就这样在高可及膝的草野上狂奔
为了跑得更快我们迅速飞起
沉睡的海醒了
招呼海星海贝们一起见证这青春的重建

在完成一半的情感上
我心里装着一半的答案

随笔　再出发，从漳州安琪开始

　　昨晚和子林深谈到一点钟，今晨六点起床，从书架上瞥到《胡河清文存》，知道胡河清，他当年自杀时轰动了学界，也知道胡河清是子林最为欣赏敬佩的青年学者（子林写有《文艺学研究的一种可能向度——以文学批评家胡河清为例》一文），遂抽取该书阅读，从序言读到第四篇时，近阶段缠绕在心头的困惑渐渐有了解决的切入点，那就是：戒除浮躁，多读古书。打开电脑，把这八个字写在微博上，以此自省，顺便也把博客昵称"中间代诗人安琪"改为"漳州安琪"（安琪太多，不加定语不行），这样的改动表明了我从起点重新出发的心意。

　　说起近阶段困惑我的问题其实就是，创作陷入了瓶颈，从去年底至今，写作几乎停滞，表面的理由是，生活发生变化带来了心境的变化，原先的不安和焦虑得到缓解，人一下子就松弛了。可是，那些大部分时光未在不安和焦虑中生活的于坚、西川、雷平阳、侯马、陈先发等，为何能有这么持久的创作力和文本实力？显然，这理由不能说服我自己。

　　必须从自己身上找原因，我首先找到了浮躁。尽管有点难为情，我还是得承认自己浮躁，往好的方面说叫激情、冲动，我创作中不可思议的爆发力取决于它们。如果说激情和冲动有助于点燃青春之火，那么现在，人到中年，火焰已燃成灰烬，激情和冲动已派不上用场，浮躁的负面性马上呈现：一、无法沉入事物底部去探寻根底，从而捕捉到外围者探测不到的事物秘密；二、被外界的浮名声利所左右，情绪的起伏不是依凭身心所观察到的自然的律动，而是依凭他人的毁誉荣辱。戒除浮躁，方能如古人所言：宠辱不惊。

多读古书，这是我对自己提出的第二个要求。我是1980年代末走出大学校园的，其时西风东渐，尼采萨特满天飞，购书时，只要看到洋人作者，连翻也不翻就买下，看到中国作者，翻了半天也不买。我到北京才知道，有些出版公司为了利润，明明中国人写的书也要煞有介事署上外国籍外国名，业内人称之为假书。我不知道当年疯狂购入的那些洋名里有无假冒，但它们深奥涩口不按中国语法的翻译体句子却深深地影响了我，以至我竟然对中国文风提不起兴致，读古典书竟然有如天书。那时的自己不以此为耻反以此为荣，认为：中国现代诗的源头在西方。

迄今我还是认为中国现代诗的源头在西方，但不等于在西方你就完全可以割裂东方，当然你要割裂也可以，但你就得心平气和地看那些把传统带在身上的人写出比你过硬的文本而不要暗暗紧张。在学习过西方后再返身东方，为时未迟。

九点，我给陈仲义老师打去电话，我生命中的前两个诗歌创作瓶颈期都曾跟陈老师在电话中说过，一个是1995年我获得柔刚诗歌奖后，一个是2003年我到北京后，我的瓶颈都产生在生命发生转向的重大关头，现在也是。内心里我一直视陈老师为我的精神导师之一，另一位是燎原老师。

我把如上感想跟陈老师沟通了，陈老师的解答大致如下：一、回到古典，可以，中国许多诗人确实都是年轻时西化，一定年龄后就回归古典，譬如洛夫，晚年后从禅方面得到很多启发。陈老师用"落叶归根"来形容中国诗人的这种回归。二、老诗人周良沛有一观点，女诗人但凡过上幸福的生活，她的诗歌生命也就差不多了。陈老师个人赞同这个观点，他认为，女诗人在情感不正常状态下产生的裂变、挣扎，使她们把全副身心托付给诗歌这个爱人，而一旦有了真正的可以托付的现实的爱人，她的心马上就会安顿到现实的爱人这里，从而转移了对诗歌的强烈感情。陈老师笑着说，所以你不要着急写不出，事实上女诗人像你这样前期有那些作品，今日有这样生活，已经值得庆幸了。三、如果非要写，陈老师建议我安于生活，然后再从日常生活寻找诗意。

放下电话，我想，无论今后写与不写，写得出写不出，"戒除浮躁，多读古书"对我都是必要的开始，那么就让我放下此前种种，从漳州，再出发一次。

谢宜兴

生于 1965 年,福建霞浦人。
著有诗集《留在村庄的名字》《银花》等。

代表作 我一眼就认出那些葡萄

我一眼就认出那些葡萄
那些甜得就要胀裂的乳房
水晶一样荡漾在乡村枝头

在城市的夜幕下剥去薄薄的
羞涩，体内清凛凛的甘泉
转眼就流出了深红的血色

城市最低级的作坊囤积了
乡村最抢眼的骄傲有如
薄胎的瓷器在悬崖边上拥挤

青春的灯盏你要放慢脚步
是谁这样一遍遍提醒
我听见了这声音里的众多声音

但我不敢肯定在被榨干甜蜜
改名干红之后，这含泪的火
是不是也感到内心的暗淡

<small>新作</small> 嵩口时光

蛇蜕或重生

生生地在皮下再长出一层皮来
谁曾感受过这种向内生长的挤压与疼痛
那一份束缚，身体即是囚牢
挣脱是悲壮的，仿佛以暴易暴
但不是变脸剧，也不是脱去蓝衫换紫袍
那是一次比一次艰难的越狱
你看，那如火如荼的摩擦，疯狂的撕扯
撕开项上的枷锁，扯下身上的囚服
穿梭，缠绕，燃烧，一场绝世的舞蹈
这命定的议程呵，自己把自己再生出来
满是纹饰的身体，成为一条裸裎的产道
这个秋天，我看见一只即将冬眠的
眼镜蛇，再一次获得神的授信
一座废弃的监狱空空地留在身后

松毛岭

午后的松毛岭,阳光像无法凝固的血浆
空气中仿佛还能闻到隐隐血腥
群山肃立,松林间似有幽幽寒气升起
像伸出千万只手向路过的你求祈

我们下车列队,对一座鹅卵石堆砌的
无名冢,表达迟来的哀悼与祭奠
八十年前一个秋天的惨烈战事
以一块无字碑,浓缩在我们面前

一场阻击战,也是一场保卫战
有谁想过他们阻击的岂止是一次围剿
他们浴血保卫的他们永远想象不到
蝉在树上嘶鸣,秋天却只见蝉衣

新建的纪念碑高耸入云,与匍匐的
旧冢成鲜明对比,可我总觉得
那些寂寂无名的枯骨与眼前堆砌的卵石
更为接近世情与人心的真实

走出黑洞

熄了灯,把大脑调成冥想模式
你看见时间打开了另一扇门
仿佛谜一样神秘的天坑
有一股气流把你往里裹挟
像一片枯叶漂在顺流的水面
又像是云絮飘浮在空中,一个人
渐渐沉入,沉溺,沉迷
却有什么正缓缓挣脱麻木的躯体

意识的阀门关上,可你能感知
一些不明的星粒在向你靠近
你睁不开眼,但能看见那些流萤
你在其中辨认一种发光体
它们叫往生的故旧或者亲人
你想伸出手去,或者呼唤
可血脉被上了锁,已经身不由己
仿佛被固定在失重的飞船舱里

在宇宙的另一维空间穿行
自缚的茧有了从未有过的释然
你爱上这种无牵无挂的自由
享受这种无边无际的混沌
可忽然一声雷喝,催你归去

惊蛰已过，休眠期满，醒来吧
人心都有一口黑暗的煤井
必须自己去采掘救赎的光明

嵩口时光

沿街立面改造过的嵩口古镇
巷角墙头檐下不时摄入岁月履痕
像一位穿着新衣的农会干部
襟摆下露出的旧褂子更见本真

在街心立一雕像，提醒人们
小镇的谱牒上曾经文脉偾张
在宫庙或神龛上供奉自己的神
世俗的信仰超越沧桑

不敢想镇上曾通行自己印制的纸币
河埠头有过怎样的繁忙与喧声
这位叫樟溪河的老母亲，遗存的
荣光像淡去的妊娠纹难于辨认

时间在嵩口像挂起来风干的手工线面
我喜欢古街上的慢和午后的安详
在茶楼向西的窗口看见落日
一个少妇收起翻晒后的旧嫁裳

在云气村筑庐而居

当我把乌猪滩更名浣诗滩

心里已将霍童溪当作了浣花溪

如果可以,我愿筑庐云气村临水而居

庐还叫五美庐,一段回不去的念想和记忆

选址最好在溪畔,取的是

蒹葭苍苍的诗意与在水一方的寄寓

与枫香林和凤尾竹做好邻居

尊老榕树为族长,在他的羽翼下像只鸟儿

回想父亲的慈祥与自己儿时的调皮

门对浣诗滩,取四季青山雾岚

为墙上壁挂。闲坐庭前,翻书或煮茶

入目是白云心事,回味是山野气息

晨昏在溪岸或林间漫步,踱着微风的步子

听流水渔樵问答,看蓝天水中沐浴

野花一路相随,像女儿令人欣喜

南山四皓自是常客,东篱就种菜好了

想起谁,就在溪滩的石上写首诗

交给流水,向远方传递

随笔 诗歌随想录

一

诗歌语言本身是有生命的。如果说诗到语言为止，或者说诗歌语言只是为了表达内容，那是把诗歌语言"看大"或"瞧小"了，均是一种幻象！一首好的诗歌，就像一座精美的花园，而构成这座"花园"的诗歌语言，犹如园中的花木石径、亭台水榭、假山盆景，甚至园丁，它们每一个都自成风景，不可或缺，不可替代，但又浑然而成花园的一部分，甚至不可位移。哪怕换个园丁，都是一种"破坏"。

二

诗歌的意象、语言以至诗句、诗行的排列组合有着自己潜在的规律，一个被称为"诗人"的写作者，一定能看到这种内在的"秩序"。就像老木屋或现在的散装构件玩具，一个构件和另一个构件之间，一定有着连接的榫卯或接口。一首好诗，我们看见的是一个浑然的整体，而看不见其中的榫卯和接口。好的诗歌构件，它的榫卯和接口是隐蔽的。

三

清人吴乔在《围炉诗话》中说："意喻之米，饭与酒所同出，文喻之炊而为饭，诗喻之酿而为酒。"他把作者心中想要"输出"的"意"比喻为米，由"意"成"文"则好比米做成饭，米的形态未变，而芳香诱人，可以充饥解馋；由"意"成"诗"则好比米酿成酒，米的形态消失，饮之令人陶醉。把米做成饭，是个物理过程，其中没有质的变化；而把米酿成酒，则是个化学过程，有着本质的不同。其中最重要的环节是发酵，诗人的诗才就像"酒曲"，它能"发现"隐藏在米中的酒，让"意"之米发酵、提炼而成为"诗"之酒。当然，"米"和"酒曲"的种类、等次不同，酿成的"酒"，品类与质量也高下自见。

四

爱情诗是诗歌中的"宠儿"，但她比一般诗歌更多一份"承担"：她除了肩负一般诗歌所承担的把诗人心中感知的"诗歌"表达出来的"使命"外，还承担有爱的"倾诉"功能。许多时候，她就像一位信使，帮助诗人传递爱的信息。在诸多的诗歌中，爱情诗泄露了诗人心中最多的秘密。

五

一首诗歌或一篇文章和一个人一样，是个独立的生命体。它们有属于自己的"气象"。我们能感知到它气脉的畅涩、气息的强弱和气味的浓淡。我认为写作时的"一气呵成"，指的应是"文气"的流动如江河东去，畅通无阻。诗的行进有自己内在的走势。我们在某些诗歌中发现少了"蜥尾"，那是因为"文气"未了；在另一些诗歌中看到"蛇足"，也是因为"文气"已断。而我们的阅读无一不是选择性阅读，我们喜好的阅读未必是篇篇精品，但喜好的原因一定是所阅读的对象与自己"气息"相通，"气味"相投。

六

诗歌是文学门类中最作假不得的一个品类，非真性情、真感受不可，非以心、以血写作不可。我把血液在动静脉中的漫步称为散文，把血液流到停止的过程称为小说，而称为诗歌的，必定是心血射入脉管的那一瞬间，犹如井喷，更似闪电。

七

诗人必须俯下身子，甚或沉入事物中间，与世间万物平等相处，只有这样才能摆脱海德格尔所说的以"技术的方式"对待事物的误区。人类自尊为万物之灵长，视自身之外的所有"生命"为被认知、被审美、被利用、被主宰的对象，这种人类为主万物为次的观念，必然阻碍诗人与万物的"交谈"。一个有"宇宙观"与"微物论"的诗人，既可不受"身在此山"之囿，俯瞰人与万物同为自然生灵，又能乐享"身在此山"之赐，能知"物命"，善体"物情"，懂得"物性"，视物为友，其高远的胸怀、沉潜的情怀与博大的关怀，定将为其诗歌打开一片全新的空间。

鲁克

生于1969年,山东临沂人。
著有诗集《稻谷深沉》等。

代表作 任何死亡都与我有关

他们死了，不呼吸了，不思考了，不争执也不仇恨了
如果我们认识，我会为他伤悲、流泪
我会想起他所有的好；如果有仇，我还怎么记？
如果有恩，我还怎么报？
如果我们陌生，我们又到哪里去相识、相逢？
我确信我们总有相爱的可能，真的，只要不死
我们总有机会。可是你们死了，陌生人
这陌生的世界，尽是你们留下的巨大的虚空——
有时酒后，行走在趔趄的人间，我歌，我哭
绊倒我的不是石头不是风，是你们调皮的陌生的鬼魂

任何死亡都与我有关：一头牛，我吃它的肉
吃它被劳役时种下的庄稼、打下的稻米
吃到它眼泪的时候，多么无耻啊！我竟发出了笑声。

任何死亡都与我有关：一条狗、一只猫、一条毛毛虫
一朵花或一棵树、一只深爱着他们的蝴蝶
他们活着，亦如我活着：人间多些苦难，也必多些快乐；
它们死去，皆如我死去：地球少些颜色，也必少些重量。

新作 西风里的柴米豆

抱杨树叶的父亲

父亲抱着满满一抱杨树叶,从大门间挤进来
他的下巴耷在杨树叶上,像第三只手
我想帮帮他,又无从下手
"甭关门,还有一抱。"
父亲把杨树叶抱进锅屋,在角落里,"哎哟"一声,撒手
仿佛被压缩的时光,一瞬间,散开来
我看清了父亲历历可数的白发

背对着土门,父亲侧着身,用脚趋了趋杨树叶
那些干枯的灰暗的死亡的叶子,一瞬间
仿佛都活过来,发出"哗啦哗啦"的声响
父亲拍拍手,转身,微笑了一下:
"走,还有一抱!"

整个村庄都烧煤气了,除了父亲,谁还在深秋
捡拾杨树叶?"那么多树叶,不烧糟蹋了!"
退休的父亲,比农民还像个农民
他拾麦穗、搂花生、捡玉米,当然,还捡树叶
省下的钱,不寄给孙子,就寄给孙女

我大开着院门,走在父亲前面,我说俺大这一抱,我来!

父亲笑得嘴角一揪一揪："你不会抱！你不行！"

学着父亲的样子，先是搂、拢、聚，然后是，跪——
不曾给父亲下跪，不曾给天地下跪
当我给一堆枯叶跪下，我膝头一震，心头一震——
当我笨拙地抱起那一堆树叶
走向夕阳暖照的小院
父亲跟在我后面，笑得慈祥，笑出了声：
"你看，你看……"
父亲啊，你只看到掉了一路的树叶，你看不到
我掉了一路的泪水……

西风里的柴米豆

西风里的柴米豆，沾着透明的紫色的露水。
满架秋风沉甸甸的，摘米豆的父亲站在豆角架下
他每摘一颗，豆角架的负重就减轻一些
父亲摘啊摘，摘到豆角秧枯萎的时候
豆角秧枯瘦如柴，父亲枯瘦如柴，豆角架上
只剩漫天大雪——

其实大雪也是沉甸甸的，父亲
出棺的时候，大雪突然降下来，大如鹅毛
我哭喊着你，我喊哑了嗓子
那时大雪满天，压着你的棺材，压着我的哭泣
先于泥土，我们首先被大雪掩埋。

我和你被埋在同一片雪花里
这洁白的尘世，有着渺小的温暖
我为在这渺小的温暖里能够与你相遇而庆幸。

西风里的柴米豆，你摘下来，焯水
一片一片摆在苇席上，晾晒
晒干的柴米豆，你总是用布袋子装着
我回来的时候，你给我带上，带到城里
你知道儿子、孙女爱吃这个，南京买不着，北京
也买不着。

你下地以后，你的小屋就空了。
在你的遗物里我发现了柴米豆，满满的一布袋
我把它抱在怀里，仿佛抱着你
你是否感觉到我的颤抖
你是否听得到我的哭泣，父亲？

到了云气村

到了云气村，铁石心肠也会软下来
到了云气村，再急的性子也会慢下来：
从秦朝走来的那棵老榕树站在村口
结满汉朝的麻雀和晋朝的画眉；
盛唐的布谷鸟掠过乌珠滩，向远山飞去
它叫一声，云气村的绿就加重一分
再叫一声，云气村的粉红就加重一分——

宋朝的桃花在溪畔烧起来
明朝的流水，载着她们芬芳的相思；
你看，民国的云朵落在霍童溪里，洗一洗
还那么新……

时光缱绻，云气村容纳你所有的心事——
爱一个人，就在霍童溪的波光里拥吻她
想一个人，就把他的名字刻在卵石上；
让阳光替你一天天一年年照耀
让溪水替你一千遍一万遍抚摸。
亲爱的，如果有一天你也到了云气村
如果你在云气诗滩的石头上读到我的诗歌
那是我在人间活过的证明
那是我在人间爱过的证明——陌生人，我也爱过你
我的爱像霍童溪的水，哗啦啦；
我的爱像大地，寂然
无声……

随笔　诗是我的药

诗是人类语言所能达到的最美、最远的边界。

是的，我一直在试图触摸它。

一个真正的诗人必有着独立的人格，他不群、不怨、不自命清高，也不妄自菲薄；他有着海一样的胸襟和婴儿般的眼神；他站在那里，站在滚滚红尘之中，本身已是风景。

只要人类社会存在，诗歌就不会消亡，但诗歌不会也不必成为人们生活中的热点甚至沸点；诗歌从来都是少数人的精神反映和寄托，她的高贵正在于她的孤独。

一个普通人的一生将被世俗彻底笼罩并覆盖，但一个诗人却不同：在某些时刻，他会独立出来——成为他自己，成为诗歌的一部分——无须挣扎，只是跳脱；他还渴望将手中的火把举得高些，再高些，除了自己以外，也尽可能地照亮世界、照亮更多人的道路和生活。

从第一首诗《祭》在《诗神》上发表开始，屈指算来，我的诗歌创作已有 30 年了——如果算上对格律诗词的研究和创作，那么这个时间还要更长一些。如果你问我，对我新诗创作影响最大的人是谁，我会告诉你是李白，更是杜甫，还有李清照、辛弃疾和苏东坡。是的，中国传统诗词给我的新诗创作带来的影响，甚至出乎我自己的意料。

自从有了手机以后，我的大部分诗歌都是在手机上写的：乘公交写，挤地铁写，正在用餐的时候突然来了灵感，也会立马放下筷子拿起手机，写下来——特别是清晨醒来那第一个瞬间，肯定是属于诗歌的。

常常有朋友问我，诗，到底应该怎么写？我总是这样回答他们：

就用最朴素的语言，书写你最真实的疼痛和感动。这句话的关键词是疼痛、感动、朴素，但更是——真实。没有真实，就没有诗歌。

一个诗人的第一品质是什么？我觉得是诚实。这也是真实的前提。

诗是什么？诗是爱的代名词，是诗人思想的诗化，是诗人的本职乃至本能行为，是诗人主观能动性的第一体现。诗人的作品，本应忠于良善的心，然而现实情况却不容乐观，很多诗人言不由衷，抒假情，表假意，用虚饰的文字精心打造自己的象牙之塔，把火热的生活和现实世界拒之门外，让自己变成空心人，让作品变成塑料花。这都是不诚实的恶果。

诗歌有无限的可能性，所有的写法，只要通往心灵，也即通往诗歌。

我经历坎坷，所幸有诗歌一直陪伴，曾几何时，我的生活乃至生命都被诗歌充斥并充盈着。新世纪以来，我坚持或者说习惯了在博客上写诗——后来又有了微博和微信——我的诗歌总是第一时间就到了读者那里，我也常常第一时间收获那些来自读者的最真实的反馈——我把这些视为生活和诗歌的最珍贵的馈赠。

是的，我的诗歌也见证了这伟大的变革时代，并跟她一起成长。

你究竟为什么写诗？亲爱的读者、亲爱的朋友，我现在可以回答您了：

诗是我的药——现在，我希望它也是你的，也是世界的。

我的诗歌，就是我献给世界、献给读者的一味药，希望它能给这世界带来一丝温暖、一缕光；希望它能在您的心田种下美，种下爱，种下坚强。

　　感谢每一位读者—你们是诗歌存在的理由和力量……

宝兰

生于 1966 年，河南新县人。

代表作 水乡女人

经过早晨
阳光不请自来
昨夜的雨还趴在玻璃上
我惊异于一夜的雷
怎么突然换了一个笑脸

我不敢确定
今天是不是一个好日子
但我此刻必须起来
送娃上学
再去干下辈子也干不完的活
然后再想想晚餐的事

突然出现的光
不知是一种经历
还是另一种试探
我在想如果今夜来得迟一点
我和我的娃可以在天黑之前
——回家

古树茶 〔新作〕

我终于知道了娘的名字

我也是有妈妈的

虽然我不记得她的模样

别人的妈妈都有名字

丫头、小翠、秀兰、桂花，多好听啊

但是妈妈，我却不知道您的名字

我相信您也是有名字的

我在孙岗打听

我在河边村打听

我向远房亲戚打听

向一切认识和可能认识您的人打听您的名字

就像打听一个丢失的时代

妈妈呀，仿佛全世界的人都不知道您的名字

一个不知来处的孩子

一个形只影单的女人

就这样过了几十年

今天，终于从归来的乡亲处知道了您

我捧着您轻轻的名字

我捧着您沉重的名字

我捧着您纸一样薄薄的一生
妈妈，我捧着您——
严少清

妈妈少清

多想穿越到您那个年代
在村头的小路等您，牵上您的手
做个小伙伴，一起放牛
说些悄悄话，抚慰您幼年失去父亲的孤单

多想早日长大成人
和您一起下地干活
洗衣做饭，说些家长里短
您生病时端水拿药
陪伴床前，抚平您的伤痛

多想看您白发苍苍、老了的样子
傻傻地等，痴痴地笑
脾气有些大，心眼有点小
对子孙呼来唤去的
趁机给您一个任性的拥抱

多想您不曾叹息——
我走没什么，可怜了我的娃

过早失去依靠

多想在记忆里相识
多想在人世间重逢
多想穿越时空去爱您，妈妈

那 个 人

想与不想，见与不见
原谅与不原谅之间，纠结了半辈子

那一年，你牵着我的手
那一夜是个满月，天上有牛郎织女，地上有我们
那一天，你来得有些刻意，走得漫不经心

爱得太早，怨又太迟
如今，一切都散了
浮生若梦，因为有你，算没白来人间一趟
什么都见了

古 树 茶

在穷乡僻壤，你孤峰独影，囊中羞涩
名号却响彻大江南北，背后都是欲望

人们炫耀你的年轮，却从不在意你的沧桑
江湖路远，雨雪风霜
用苦难堆积的馥郁，成就了别人口中的壮阔

等待了多少个冬季
你总想枝繁叶茂，却又一次赤裸
百转千回地，掠取你最后一缕姿色
以爱的名义

红茶

你一直以正统自居，骄阳似火，融贯东西
独立或牵手，没有你团结不了的味道

人们分不清你是撤退还是凯旋
你通用鲜血和战旗，固守生命的底色
苦而不言，喜而不语
得失之间，你仿佛不懂风情

茶界的江湖喜老爱幼，你是尴尬的中年
一生中难免总是招呼过客

你以坚强与淡然唤醒人生
在夹缝中负重前行，就因为那一抹为之骄傲的红
一品叹岁月，再品知沧桑

我靠着一棵树

天地都睁大眼睛
我为了一棵树，而冷落了成片的山

山上的野花太多，吸引众多不请自来的人
有些人，不为看花，只为遇见看花的人

对这棵树情有独钟，我背靠着它
发现那些小花长出脚，正一步步走近我
原来小花也爱重情的人

无意间明白，如果有足够的时间和诚意
你不用去看花，那些花会来看你

霞浦海岸

水向往云
在天地间随缘来去
可以任性

岸一直保持奔跑的状态
在惊涛骇浪中守护或接纳
水是它的情人

因为爱情

百转千回

老了的云　疲惫的雨

因为岸的眷顾　成为海洋

水依旧让岸湿身　岸是水的枕头

水的任性和重量　都在它身上

随笔 又是一年春风

流光容易把人抛，红了樱桃，绿了芭蕉。

不觉间到了人生的秋天，遍地因果。回望过去，人生如茶，甘苦一念之间，该有的都有了，没有的不再在乎。年轻时走得快，追求卓越，到了中年才懂得，"落尽梨花春又了，满地残阳"。生活就是五味杂陈，个中滋味只有自己明了，如今，能做自己喜欢的事，已是奢侈。不贪婪，不妄作，不轻佻，不将就。红尘过往，没有人握得住地久天长，只有心中的欣喜，胜世间万千宝贝。

以为日子就这样，不温不火不锐不钝不急不缓，悠然南山。没承想，春水初生，实为小儿榕谦。他在接受高中学校面试的时候，曾被问道："你妈妈做什么工作？"我儿一时语塞。这让我陷入沉思，决定写诗，给孩子一个诗人妈妈的身份。从那天起，白天，是一个职场女性；夜晚，就写诗，写亲情。我认为，写诗无外乎人对生命、亲情和灵魂的深读：

一是生命的意识。这是一种本能的意识，但这种意识在经历了沧桑岁月之后，才会有顿悟的机会，顿悟生命承上启下、继往开来的不易，觉醒生命延续之神秘。时间，是顿悟的酵母，沧桑，带来了本能意识的爆发。

二是亲情的蔓延。亲情，本质是血脉之亲、骨肉之情。亲情，是基因的必然，是一脉的认同，是发自内心的熟悉，是不用介绍的情感。亲而情，情而亲，循环往返，直至终生。

三是灵魂的思念。灵气、灵光、灵动，皆因有魂，绝妙的诗、最佳的词，都因从灵魂中涌出，从心身里流淌，而成为永远。正是在灵魂的悸动中前行，思念化为了语句，铺陈为一缕缕飘在人世间的清风丽词。这些诗，这些句子，不过是生命、是亲情、是灵魂的反馈，如此而已！

诚然，写着写着，我认为，诗歌不应只停留在展示一己之私的人生之痛，而是应该自然地、合乎逻辑地插入一些历史悲剧，从而超越一己之悲，上升到对国家民族的大悲悯。要有同理心、叙事性，要有清醒的自我识别能力。只有忠于自身的生命体验，才能表达出真实的生命之痛，只有正视客观社会现实，并烛照以现代文明之光，才能深广地展现作品的人文关怀。

另外，我还高度认同当下所说的"智性书写"或"抽象现实主义"，就是区别于从具象切入的常规写法，更多的是从社会现象中提炼出来，经过哲学思考再赋予其恰切的形象，使题材选择和主题发掘更具人类精神的普世价值和社会的广泛共鸣。

一路走来，我发现与其相信时间，不如相信因果。文字是丰碑，是留给后人的，文字也最是厚道，看过的书如吃进的饭，你若心中有它，它绝不让你挨饿。我还发现，诗人很干净，他们穿越千年看尽天下，贵妃醉酒，昭君出塞，春风又绿江南岸，人间四月天都是他们留住的风景，让历史不萎缩。诗人也纯粹，单刀直入，策马向前，装着很坏的样子，向那些假装的好人开刀；他们有大自然的脾气和山河，用笔把脉，找出当下最真实的病。

春生无限，写诗还是一种寻根感恩的过程，我的故乡是个民风淳朴的文化村落，曾经的鸡犬相闻、安居乐业被技术文明的风吹过后，留给我儿时理想和情怀的记忆。饮水思源，我们要感父母给予生命之恩，感故乡滋养之恩，感贵人知遇之恩。尤其要感谢城市化和技术文明的裹挟，没有它们就没有我们今天对故土的回望，也无法在诗歌里再次享受故乡的空气和微风。故乡，那是我们生命安顿和灵魂的家园。

古人云，秋日胜春朝，晴空一鹤，诗意碧霄。可叹当今秋鹤已渺，诗意难量，而秋之鹤原本就不拘泥于具象，天高云淡自有高远。

秋是收获，也是担当，是长诗高吟、心灵丰硕，也是脚踏实地、厚德载物。

有诗经过的地方香气冲天。"心若不死，烈火烧过青草地，看看又是一年春风。"

天界

生于1969年，浙江黄岩人。
著有诗集《天界十年诗选》等。

【代表作】 浩荡

——浩大的天空有一个神秘的内心世界

暴雨将来,蚂蚁倾巢而出
蟹肥之后成群鸟雀乌云般飞过稻田——

这不算什么。小黄鱼洄游时
东海翻滚着巨大黄色

然而这些都不算什么
我在纸上写字,十万吨惊雷响起
群象踏过沙泥,整个世界都是我的

布下天罗地网
一根绣花针,搅动乾坤
一个词语,惊动鬼神

那些细小的;尖锐的
若有若无。当我说出秘密——

当我说爱。当我说出悲剧
如一辆天空的列车脱轨,只有一个幸存者时
便有人在深夜,在钟声里号啕大哭

新作 # 月见草

小情书

桌子上的钢笔已经没有墨水

写完最后一个字

夕阳便替主人捎去指印

银杏叶掉得那么干净

窗外，小河里的水血液一样流动

又一年了

人们总是忙着生活

不知道春天会带来什么

想念一个人真好

可以魂牵梦萦。柳丝长了，燕子便来了

梧 桐

> 南方有鸟……非梧桐不止。
> ——《庄子·秋水》

在危崖搭建一座高台，你来不来[1]
在乡野修整一所木屋，你来不来

如今我在自己渐将老去的身体里
腾出一间旧房，你来不来

大树破壁凌空，向死而生
烟花始终惊艳中与世界告别

可我想见证奇迹啊。时间有一扇玄幻之门
看谁更耐心。谁能把梦境变成现实——

身体早已爬满藤条。我长有犄角
搬运磨盘一样的天命

挣破一张网，需要多大勇气
可我还有什么呢。这幸福而潦草的中年

---

[1] 佛祖说：只要你搭好高台，我便来说法。

惠济桥上看倒影

月亮穿过水中杨柳,
它要重新游向天空,寻找隔世的,
蓝色的旧身体。水托住它。

水有绸缎腹部,鼓荡的乳房。
水缓缓向西。犹如摇着自己即将入睡的孩子。

水流过惠济桥、古老河岸,
搜索到春雷复活的密函。

那个静暹师父,大隐运河里多年。
一辈子救人,却救不活自己。

如果我在此时失踪,
你是否会追上闪电,一起抱头痛哭。

水反复清洗水里的影子。
桥上无人。桥上只有搬运风声的风。
水那么干净,我躲在水的眼睛里,
寻找一个叫天界的婴儿。

月见草

想一个人的时候

音乐很轻,花开声音很轻

把窗打开,月色便从花坛中跳出来

时针转得很慢。烟味停留沙发上

半空一张脸冲你扮鬼脸

可我笑不出声

月见草,一会儿近一会儿走远

它小小心脏如何装得下这些

旧式花皂荚

带有生活先知的经验和智慧

散发乡村气息。一看就是最美的

戊戌年末有寄
——遥和过承祁《吹雪》诗一首

箫是我的。一把古琴,过承祁的。

竹林上空有雪。

雪从一个人的琴音里

飞舞而出。

箫很长。箫声在古老的音孔呼啸。
天地的铜鼎，落满指纹。

昆仑山之巅有大鸟。
黄河之南，有人正在火炉上取酒。

一并取出大雪。取出箫音和琴声。
取出这即将老去的骨头。

吹箫人叫过承祁。抚琴者也叫过承祁。
满世界籁音，只有雪在听——

选 择

天空的紫金鸟背起太阳
飞向悬崖。飞向黑暗和死亡的观星台

之后沉入谷底——
一个人的谷底，充满幻觉、绝望和醒悟

一个人的谷底，始终回响两种声音
一个是我的，另一个，也是我的

谷底风尖利而寒凉。我想否定掉另一个我

而另一个我,早就离弃我——

我所相信的事物,从来不会
轻易给出暗示和悲剧的效果

单纯是多么幸运
毫无防备便可逃逸摆钟指向的小矮人

天空的紫金鸟背起我
回到太阳升起的地方。那里有初恋和初衷

山中

他有不死之心。
深潭里有人先一步取走金石腾空而去。
留下闪闪鳞片。

他向刻在峭壁的自己认错。
向飞过林中的夜鸟致敬。
而时间仍然停留山中。

水的镜子改变一切。破碎一切。
又不断恢复和保存所有秘密。

这么多年,手指长出十一只眼睛,

石头变成了美玉,他仍没做出一件满意的事。
他向自己越来越小的影子认错。

夜色下山峰,如潜龙起立,
他向自己认错。向这个世界认错。
并对渐生消隐的念头,
表现出顺从。

他知道山中除了有许多无法明白的真相,
还可以让一个人从此安静。

黄 昏

山上回来,我对即将隐去的落日说你好。
想起山顶一群人快乐地烧烤
我对天边奔跑着的羊群说你好。

想起山上墓碑越来越多
而我们将成为邻居。
我对钟楼敲响的钟声说你好。

春天覆盖死亡。而死亡早就习以为常。
我对退出视线的事物说你好。

黄昏来临,天色悄悄改变。

想起山顶水库里的鱼

一年拉一次网。

我对路上碰到的每一个行人说你好。

霍童溪古渡

我说险峻幽深。天空随手引来鹫峰

和洞宫两座神秘山脉。

当我说眩美，群山就献出一条蓝色玉带。

献出霍林上玄洞天；文昌阁。

献出贵村。村边回响古旧的驭鸟声。

巨大的榕树垂下粗壮绿辫子。

木桅船载着它的影子渐渐消失——

在另一头，霍童溪如游子，

穿过柏步村，纵身没入平静又汹涛的大海。

奔向抱负和远方。

一个古渡口，留下。

给世界递交了一份活遗产。

[随笔] 而光亮，仍是光亮本身

一

每一首诗都是一座军营。一个诗人，就是一位至高无上的帝王。善待每一个字，就是善待心中的千军万马。善用每一个字，就是善用每一个将士。善取一个词语，就是善于在自己江山的各个关隘安排最合适、最得意的将军。每一个句子的形成，都是布阵列法。

当一种物象从模糊进入清晰，那是知识或确认。而一个优秀诗人，应该反过来——当清晰之后，在截取或选定一个点之后，其余部分，应该是模糊、朦胧、扩散而神秘不可预测。应该舍弃熟知的命题。

而截取或选定的这个点，便是一首诗腾空或精准落地的强大支撑点。它构筑一首诗的最终命运。

二

一只鸟落进草丛，如厌倦天空的小号，寻找到归隐之地。一首诗的尾音有时恰好是孔雀打开的羽毛，而更多时候，就是另一支小号。我们千辛万苦，以为找到了归宿，然而要命的是，那说不定根本不是自己想要的结果。

没关系。只要有足够耐心，磨合也是一种方法。这肯定不是委屈——因为你始终爱它。

这是多好的事儿。没有人会知道你内心的秘密，只有你的诗，暴露了你的痕迹。天气逐渐转凉，除了加衣——最快捷、实用的保暖和驱寒方式，之外，应该还有许多方式。一首诗的形成也是如此。

三

普通话普及之前，乡音和近音肯定非常重要。不然就像老外问路，语言不通，就听不懂。当然，这个时候，或许来点肢体语言，便能解决部分问题了。

我们读诗，往往难以深入诗的本意，这关涉文本与读者互为的原因。一首诗的隐晦和通透，取决于某种把控能力。一瓶没有标签及说明书的酒，光凭个人喜好，是无法定位这瓶酒的品质的。只有懂酒的人才能喝出好坏。然而这还不够，它更需要一个高人来分辨出它的成分和来源。此时，它的隐晦和通透性，决定了酒的魅力。

那么我们写诗，除去外界因素，关于诗本身的形成，我们注意到了哪些？又动用了哪些元素？甚至，另一种方式的肢体语言。——或许，这就是诗的秘密。

林秀美

生于 1968 年，福建永春人。
著有诗集《水上玫瑰》《河流是你》等。

代表作 从根部到花瓣的距离

拨开绿色的荷叶　仍见光
在颈部
无声地奔跑

在最黑的夜
仍向往醒着
仍有内心空阔的人
细数花瓣的数量

明亮的花瓣　光洁　透明
但有多少梦　干冽　寒冷
在黑夜的后面
一面是淤泥一面是流水
一面是丑陋一面是惊艳
多少荷花在没有成为荷花之前
都是这样
被隐忍、掩埋、无声地遗忘

从根部到花瓣的距离
就是黑暗到光明的距离

新作 **倒悬的春天**

时光在掌上，耸立成盛装的千山

在一夜的鸟啼声绽放

阳光和雨水　家园的身段

在时光深处铺展

风在吹　四面青山葱茏

生活的桃红柳绿

铺排几朵蓓蕾

清流的小溪　晃动远方的梦想

山歌的尾音落在虔诚的祈福里

所有山水的朝向

因阳光照彻而透亮

飞鸟丈量遥远的季节

高山深处闪现斑斓霞光

历史的经纬　草色汹涌

从低处到高处

从高处到低处

每一个过程都是灵魂的皈依

家园深处　草长　花开　果实累累

光阴的拓片　镶嵌山间

二十四次节气　渐次昂起自信的脸

时光在掌上　耸立成盛装的千山

仰望　让一座山更高

俯视　让一座山平添辽阔

胸中有丘壑

万千是江山

风把枝头吹醒

拾阶而上

橙色阳光镀亮的小径

愈走愈窄

风把所有的枝头吹醒

桃源洞依然

没有桃花盛开

所有的心事

已悄悄装进

千丈苍苔

无言的藤蔓　绕在高处

无言的桃花　开在心口

昨日的桃源在何处断裂

断裂成世纪之缝

一生

一生只容一个人走过

倒悬的春天

锦簇的新绿

这满眼植物枝叶繁密　蓬勃向上

而窗外

这棵柳树

树枝倒悬　叶片倒悬

风中

摇摆它的与众不同

这大地上下垂的柳枝

用真诚而虚无的触觉

在更高处　或者

让悲悯和疼痛垂下

让灵魂

更明亮更高远

一支歌

一支歌将怀念什么

当春天避开所有的比喻

我仍然伫立在路口

等待笑态亲善的爱人

请在这支歌曲里静静瞩望

夕阳下瘦削的篱栅

篱栅边纤柔的黄昏

透过朦胧的露光

童贞的鸽哨　叩开沉闭的家门

这些开过谢过的花枝

沉湎于青春的喜悦

轻轻弹拨柔肠百转的乐曲

槐花含笑渐渐入梦

骑乘白马的少年忽然在夕阳中

静止　那一支歌穿透古老的黄昏

一条溪的距离

隔着一条溪的距离　你的爱意

并没有走远

一会儿在左　一会儿在右

你说

你多像梁野山的这条溪啊

流亡在命运里不肯低头

忍着哀伤怀抱梦想

跌跌撞撞　一路奔流

我是你的影子啊

前世的影子

如今我是轻的　是落在岁月额头的雾水

渴望在悬崖的尽头

与你飞身而下

在轰鸣中数着隔世的念想

一次又一次

我们沉浸在生活的悲喜里

或缓缓地流淌

或激昂地飞跃

世界那么大　人类那么幸福

溪流之上

只有风在来回奔跑

只有风

在来回奔跑

一个人和一条溪的相遇

一个人和一条溪的相遇

就像一块石头

一意孤行地追随一条溪流

这一块块不知疲倦的石头

就像一个理想主义者

怀揣梦想　翻山越岭

一路追随

游历人间万象

只为远山从容　云气诗滩

堆集成纹丝不动的模样

就像有些幸福的日子

一丝也不能妄动

霍童溪水"哗哗"地流淌

一些思念高过溪水

一些流水留着真情

霍童溪被滋润出一截一截的诗意

沉稳的河滩

正学会一步步地包容和厚爱

有时

一个人和一条溪的相遇

如此偶然　又如此辽阔

让一个人在一条溪里越陷越深

让一条溪在一截时光里越陷越深

随笔 浅论诗歌与现实

在现实与情感的二维中,诗歌与情感的关系似乎更为"名正言顺""诗言志""诗缘情"等一系列传统式的批评标签明确揭示了诗歌的发生缘由与表达诉求,指明了诗歌艺术与情感表达之间难以剥离的关系。相较于探讨诗歌与情感的关系,探讨诗歌与现实的关系显然更为棘手:诗歌能不能写实?诗歌与现实的关系是什么?在当下纷繁复杂的语境中,诗歌的"担当"是什么?这一系列的问题关乎诗人存在的意义与诗歌的本质。其实,有关诗歌与现实的关系问题并非一个新的话题,唐代诗人白居易所提出的"文章合为时而著,歌诗合为事而作"的创作理论即在强调诗歌要"缘事而发",要有现实精神。受儒家思想的影响,中国古代不乏关注现实的诗歌,杜甫的创作就极致地表现了这一点。可见,不论是从理论还是从实践出发,诗歌与现实的问题都可视为一个传统问题。纵观诗歌的发展史,可以看出,诗歌与现实的问题与中国的历史命运休戚相关,在民族危亡时刻,"文以载道"的创作精神常常会成为时代所提倡的主旋律。然而,作为一种特殊的文学体裁,诗歌与小说、散文等关注现实的方式又是有所不同的。诗人戴望舒曾言:"诗是由真实经过想象而出来的,不单是真实,亦不单是想象。"关于诗歌,何其芳曾下过如下定义:"诗,是人在激动的时候,是人受了客观事物的刺激,其情感达到紧张与高亢的时候的产物。"戴望舒、何其芳对诗歌的定义均含有情感与现实感两个维度,并表明诗歌与现实的关系建立在个体情感与现实发生化合反应的基础之上,诚然,这一化合的过程便是诗人以个人情感、个人经验获取现实、处理现实再以诗的语言呈现的过程。自不待言，诗人对待现实的方式必然与非诗人有着本质的不同，诗歌中的现实是一种"扭曲"的现实，它可以是虚构的、荒诞的、超现实的。对此，即使转向现实主义的诗人穆木天也对诗歌的特殊性有着清醒的认识，在《诗歌与现实》一文中，穆木天指出："忽视了客观的事物自身之发展的法则，小说，是不得被构成的。同样的情形，忽视了对于事物的诗人的感情之现实的波动，诗也是不得被构成的。"因此，探讨诗歌与现实的关系首先要明确诗歌这种文学体裁自身的特质，即使是现实主义诗歌也很难绝对地还原现实，它总会因诗人的表达诉求而有所倾向，正如现代诗人闻一多在谈论诗歌格律时所写到的："绝对的写实主义便是艺术的破产。"与此同时，由于任何的个体体验与经验都无法脱离现实而自足存在，非现实主义的诗歌写作也仍然无法避免对现实的隐喻性表达。

诗歌与现实的关系问题既是一个传统的问题，又是当下一个重要的议题。二十世纪九十年代以来，诗歌的天平越来越倒向个体化、私人化的表达，与之相应，诗歌创作对现实的关注似乎越来越少，诗歌与现实的关系也越来越疏远，许多人都在感叹当下诗歌的创作已经成为一种"自我安慰"、一种"圈内游戏"，诗歌的"担当"缺席了。或许当下的诗歌创作确实存在一些故弄玄虚、游戏文字的行为，但这绝不是诗歌创作的主流。事实上，当下诗歌所展示的现实之广、现实之深、现实之杂是空前的，诚然，这与现实本身的变化是相统一的。诗人敏感的天性注定使他成为首先捕捉到现实变化的人，对于诗人而言，诗歌创作的意义之一便是在现实所指发生变化时能够及时、有效地去表述这种变化，以艺术的形式对现实重新命名，力展现实的不同面孔，正如诗人何其芳在《谈写诗》中所主张的，诗歌应该"给予一些新的东西，这也可以说成了创作的原则之一了。一种新的生活，一种新的人物，或者一种新的情感，总之，打开一个新的世界"。相较于二十世纪九十年代之前较为单一的历史语境，当下的诗歌创作所面临的是一个开放、琐碎、充满偶然的现实，生态、互联网、人工智能等各种问题纠缠迎拒，传统意义上假设性、统一性、封闭性的现实被原生态、块茎状、开放性的现实所取代，如此，有关现实的体验与表述必然呈现出散兵游勇的状态，在此意义上，诗歌所表现的现实就蕴藏在个体的"自我安慰"中，而当下诗歌所表现的偏离现实恰恰也是在表述着新的现实。此外，在获取与处理现实的过程中，诗人不拘泥于传统路径、打破定向镜头的努力，也为审视世界提供了新的视角，而这也是当下诗人在现实面前的一种担当。

田湘

生于1962年,广西河池人。
著有诗集《练习册》《田湘诗选》等。

练习册 〔代表作〕

我对河流一直怀着敬畏
逢山绕行,遇崖就跳,又总是绝处逢生
牙齿都没了,每天还在练习啃石头
与坚硬的事物打交道。活着就认下奔波的命
常常泥沙俱下,浊泪横流,越老越能包容
谁投入怀里,都像他生养的,以此练就
悲悯之心。认准一条路就走到底,一生都在练习
跌跌撞撞,且乐在其中,像个长不大的孩子

新作 **空船**

大裂缝

像一个人,非要狠心地在身体里
撕开深深的口子,在伤口上
唱歌。非要用斧头将躯骨砸碎
让它长成造型各异的玲珑

更像一首诗,非要拿掉一些丰盈的词句
将它掏空。非要制造不明不白的闪电
让抒情的雨雪落下,把衰老的词
复活成新的病句,每次
我读到这里,就像听到陌生的狼嚎

那些空里隐藏着什么

天空的魅力,在于它的空
再大的星球,也如微尘
神秘就在这里

一幅画,我注目于它的留白处
那小小的空白,让一轮皎洁的明月
在黑夜里闪耀。让一群绵羊般的白云

飘于蓝天。浪花前赴后继
视死如归。几朵白菊又在深秋入世
这些空与白,让世间有了隐喻
有了空灵之美

万物之中,最让我敬畏和难以接近的
是那看不见的神

而你,从未对我说出的那句话
也那么空,让一颗失重的心
一直挂在身体的悬崖上

一把无形的刀让我格外小心

我是河流养大的
终将回归河流

河流一直在我的身体里
歌唱,直到我的生命终止

当身体里的河流枯竭时
父亲走了。我也将如此,这是宿命

我始终在倾听,在与河流对话
我迷恋它神性的波光,和那永不停止的流动

它为我运送欢乐，荡涤孤独和耻辱
但我不知道它同时也是在夺我的命
就像时间和风，从给予的那一刻
就开始索取。可我愿意
一把无形的刀让我活得格外小心

我听从河流的召唤
河流之外，没有我要去的地方

我惊叹于榕树细密的气根

把自己从身体里抛出去
抛出，那隐藏的孤独与痛苦
还有内心的欲望

无数线条在风中飘
跟空气商量转世的秘密
往下的力量竟如此强大——
天啊，它竟找到了入世的捷径
把不断繁殖的气根抛向泥土
长出新的枝干，又抱成一团

它横下一条心：掏空自己
甚至拼出老命，不舍不弃
为生命打开更大的空间

也不怕树大招风,不,它搂住了风暴
从不抱怨命运:满脸胡须,披头散发
未必,不是一个好父亲

空 船

清晨六点五十二分
一艘空船逆流而上
从东向西,空空的船里
又好似装满了阳光

它要把阳光运送到哪里
在远处,我可以看见
一船阳光正在燃烧
一船碎银正在熔化

船是空的,阳光的存在也如同虚无
我更倾向于看不见的银子

一艘空船逆流而上
我看到了这空的超然
一艘空船,何必要装满石头
何必要把世间的重物,强加给自己

沙滩的记忆

沙滩上的脚印
是用来遗忘的

任性的浪花,让一行行脚印
成为一首首遗忘的诗

浪花总是在浪费着自己
它赠予沙滩的,都无一例外
碎落一地。而浪花抱定赴死的决心

浪花无法托起火一般的梦想
我笨拙的手也捧不住激情的浪花
用不了多久,这梦幻般的足迹将被带走
我们在时间的海里只守住了虚空

沙滩没有记忆,它拒绝一切馈赠
浪花来过,又像从未来过
可我依然固执地
在这个夜晚,留下我的脚印
等待浪花将它抹去

去人间

88岁的父亲第三次脑梗死
活过来后，不再认识我，和这个世界

一个长满皱纹的婴儿，他生养的儿女
更像他的父母：教他说话、打手语
为他更衣，擦去身上的不洁

他断绝过去，从前的苦
与他无关，又像没有吃够
还要重吃一遍。对旧事物重新认识
让旧瓶装新酒，老树发新芽
把一万年前的太阳说成是新的
给花草重新命名，建立新秩序
轮椅上装着伤残老旧的零件
他豁出一条命，再次去人间

灵渠

一场两千年前的战争
早没了痕迹
只留下一条叫灵渠的运河
也忘了当年运送过的粮草刀剑

所有的王朝都输给了时间

可灵渠不知有时间

不知有秦朝、汉朝

没有王朝，只有流水

两千年前的流水与今天没有两样

两千年前的天空与今天没有两样

国土也是当年的

只是人不同了，他们不再说古汉语

只是流水没有记忆

记不住当年的万户侯

只是流水还在流

还在运送星星、云朵

和人类的相思，与离愁

两 面

仙人掌把柔软藏于体内

可我们只看到它外表的刺

屠夫总是握着一把刀

我们也极少看见，他眼泪滴落

仿若珍珠

清澈如许的河流,据说
也有张鳄鱼般的嘴

事物都有两面
两岸青山相对出,其实是
被撕裂,长久对峙
形成不可愈合的大裂缝

你和我
则是一枚硬币的两面
终其一生,也无法成为
彼此的另一面

大 运 河

始于春秋。运送战争。
我是士兵,也是幸存者。
通于隋朝。不只为战争。
我是劳工,也是反叛者,
隋朝灭,运河存。
兴于唐宋。我是搬运者,
运送粮食和刀剑,
也运送经卷和诗歌。
止于元代。我运送金戈铁马的阵容。

之后,我运送明朝、清朝,

我运送繁华与衰落、荣光与耻辱,

我运送时光,将千年岁月运送到你面前,

在这个冬天,我看见月如钩,

颓废的河面上飘着一层薄薄的冰,

却承载着世世代代的雄心与梦想。

去宁德

梦中去了宁德。叶玉琳领我们

来到霍童溪、云气村和海边

照相时,明明是十五个诗人

偏偏少了一个。诗友说缺了田湘

云气滩上的石头动了一下,说田湘在此

汤养宗蹲在那里,用手中的石头

敲了敲说话的石头

此时正是九点的阳光

石头把话重复了一遍,又安静下来

听溪水流成一首诗的样子

被冲刷的石沙集结成滩

一朵北海的云,正飘到了东海

随笔　宝物

诗歌是什么？你可能这样回答：是分行的文字。没错，这是常识，但按照常识写诗的人，往往是失败者。

诗歌是一扇虚掩的门，诗人们都想进去探秘，却终其一生，从未将门打开，一旦打开了，诗的神秘就消失了。

诗歌是一行留在沙滩上的脚印，你在朝霞里或夕阳下留下它，不幸的是，你却看到浪花一次次将它抹去。沙滩上的脚印是用来遗忘的，这也是诗歌的命运，我们却乐此不疲地写下这些诗。

诗歌是一股极具穿透力的风，风离开了旷野，就走得很小心，城市里那些围得严密的墙，让风四处碰壁，好不容易撕开一个口子，找到了出口，穿堂而过。诗歌与风一样，要的就是这点来之不易的自由。

诗歌是一场浪漫的大雪，瞬间覆盖了大地，像满地的白银，足够我花，足够我还清一生的债务。

诗歌是一条跌跌撞撞的河流，从出生至今没长过牙齿，可每天还在练习啃石头，与坚硬的事物打交道，创造形态各异的玲珑。

诗歌是一艘逆流而上的船，空空的船里，又好似装满了阳光，隐约中，我看见阳光在燃烧，在熔化。一艘空船，何必要装满石头，把世间的重物强加给它。

诗歌更像大的撕开的裂缝，非要将它的身体掏空，给它莫名的伤痛，非要制造不明不白的闪电，发出陌生的狼嚎。

诗人喜欢带上镣铐跳舞，更喜欢扮演一个逃犯，捆绑着自己，等你来抓。可是你错过了，这一生，他将是你永远也抓不到的那个逃犯。

诗歌不同于生活，生活是严肃的事，不容你犯一点小错误。在诗歌里，则是完全不同的世界，你可以变得更天真、更浪漫、更任性，甚至经常犯错。我喜欢这种挑战，每天在诗歌里犯些错，造不同的房子，与不同的词组合、谈恋爱，不守生活的常规，突破世俗的禁令，等待读者的审判。

你去过典当行吗？每次路过那里我就害怕，好像心爱的宝物又被拿走。虽然活到今天，谁也不欠，可总免不了担心，有一天自己也被抵押。诗歌就是这种担心被抵押的宝物。

南书堂

生于1965年,陕西商州人。
著有诗集《紫苜蓿》《临河而居》等。

代表作 临河而居

临河而居。我所看到的事物
都顺应着河的走势，沉潜着河的气息
柳是河柳，风是河风
城市沿河蜿蜒，村落依河散居
就连游离于体制之外的倔强山系
也得在河经过的地方，留出沟壑
温柔地平缓下来。一条河
不由分说地统领了我们的生活

临河而居。我也是一条行走的鱼
我总能从另一条跃出水面的
鱼的眼神里，打探到自己命运的风雨
我却没有和鱼称兄道弟
我已习惯了把一颗动荡的心，交给河水
让它洗涤、抚慰，接受它母仪的节律
但我未敢庸俗地喊一声母亲
我常常坐在李白白居易坐过的青石上
发一点感慨，抒一点忧伤
我知道，在众神远去的时代
值得我们敬仰的，唯有这河了

新作 礼物

如何让一条河回到春天

要啄开一层冰
要按古诗中的秘方
赶来一群鸭子
记住：是鸭子，而不是
觅食的飞鸟

要让河滩上的石头们大声朗读
要备上李白的诗篇
而不是罗丹
给沉思加冕的雕塑

要让那些荒草的亡灵复活
要唤来春风
它是比死神
级别更高的神

最后，要让岸上白杨列队鼓掌
要让垂柳
披一肩秀发
找到她的新郎

围炉而坐

炉火上煮水,也煮话题
似乎炉火越旺,话题就越长

冬日寒冷、漫长,但得一天天过
围炉而坐,若偶有小酌
就是生活的额外奖赏

母亲的火炉,像藏着魔法
总能把我们一一召回来
我们团结在火炉周围
却把母亲孤立在厨房里

今年冬天,我接母亲到城里住
每当拉家常时,她便搬来小凳子
伸出手,做烤火状
这一习惯动作,常常笑得我们前倾后仰

春天的仪式感

农历新年的第一天
日出东山,像新生婴儿,有着一张
毛茸茸的可爱的脸
风含笑意,山上的雪也少了往日的严寒

我以为,是人间的喜庆

感染了它们

树枝们或手提灯笼,或擎着鸟雀的吉言

还没有派到活的,就使劲

摇醒睡梦中的花蕾

我以为,它们本应为我所用,本应

配合我们此刻的心境

我可能被我们的自以为是宠坏了

并未意识到这个节日不只属于我们

并未意识到,万物通灵,它们

也有春天的仪式感

礼物

田坎的荒芜和一颗心的荒芜

完善着世界的荒芜

相互的对视,像在揣摩

谁更适合作为馈赠的礼物

是的,礼物。就像所有废墟

都是赠给繁华的礼物

一簇迎春花,让我的揣摩

有了具体的归宿:它鲜艳的黄

迷人的小裙裾，怎么看

都像情人的打扮

当它小口径的吻印章一样

盖在田坎的胸脯上

连乍暖还寒的风，也舍不得

剪掉它们多余的风情

连我这个局外人

也悄悄藏起无名的妒意

送上一份祝福

此刻，我的心和田坎一样

渐渐绿了起来

却比田坎多出了烦恼——

春天这么大，事物们这么多

我小小的心，该赠给谁

一粒沙子

风吹得像拿足了佣金的打手

我被推搡着，像在受刑

我知道自己身有原罪

但不至于连急于回家也列为一宗

而被吹得无处可逃的一粒沙子

情急之下，却像找到家一样

躲进了我的眼眶

——那可是我泪水的家呀
岂能容下一粒沙子
自然地,它被驱逐了出来
如同我时常遭遇的情形——

我不能阻止自己的眼睛、泪水
就像没有谁能阻止这阵风

兄弟,对不起了
更多时候,我并不比你好到哪儿去
更多时候,我也只是
稍大一点的
一粒沙子

贵村纪事

一棵大榕树,已逾千年
依然枝繁叶茂
从树下吹过的风,再吹
便如同诵经
锣鼓声中,几头狮子一直试图
挣脱提线,看样子是要去
向树神请安

古树蓬勃如此，谁还敢言老

明清的街巷不言

晋为纪念品的石磨、水车不言

渡口，纵使布满了

青苔状的孤寂，也不言

我亦不敢言，我怕

这里的事物们笑话，尤其怕

漫山遍野的桐花失望

它们那么灿烂，仿佛使劲呼唤着

我心里还未绽放的那些花

随笔　捡煤渣

童年记忆抹不去的顽固性，令人吃惊。我原以为，它只是我行迹与认知开疆拓土的起始点，逐渐将被淡化，被更多新的内存代替，殊不知，随着时间的推移，它竟然升级为我判断世间善恶、人生苦乐的一个坐标系。

几十年过去了，我依然清晰地记得我家门前的那个砖瓦厂，厂里堆积如山的废煤渣，以及我们乐此不疲捡煤渣的情景。任何时候，孩子们都能找到玩耍的最佳场所和方式，哪怕是一个贫瘠的年代。就玩乐而言，它不是我们的唯一选择，却是我们参与劳动的必修课。其成果是，家里的灶洞有了一份不花钱的燃料，火炉里有了闪着蓝光的火焰。现在每每回想起来，都会感慨：那是多美妙的事啊。虽然，偶尔的奖品只是母亲多掰给的一小块锅盔。

但它却直接作用了我后来的诗歌写作。准确地说，它使我形成了一种朴素而又固执且还管用的诗歌理念，以至于我坚持认为，世间的诗意是可以反复使用的，谁也无法穷尽；我们并未遇到无秘密可揭示、无未知被命名的窘境。因为，废煤渣经由我的捡拾重新生出的蓝色火焰，给予我人生的无尽温暖，已真切地摆在那里，不容我三心二意，不容我有所怀疑。故而我一直十分信任奥古斯特·罗丹的一句警示语：世界从不缺少美，而是缺少发现美的眼睛。在我看来，这美，即为诗的代名词、诗的全部。

我很羡慕一些诗人的信手拈来，洋洋洒洒，下笔有神，而我写诗常有磕绊、困惑、停滞，这让我非常自卑地怀疑起自己的诗歌修为和才情，茫然如乱云飞渡，无助如跌深渊。但慢慢地，云雾里就会飘来一根绳索，它牵着我走到童年的那堆煤渣前，走到我们团团围坐的火炉边，走到母亲掰给我一小块锅盔的影像中。一次，母亲就在我身旁。她已年迈，被我接到城里来住，取暖方式早变了，屋子里并没有火炉，而母亲和我们一拉开家常，就习惯性地从沙发上起身，搬来一个小凳子，习惯性地伸出手来，做烤火状。这一细节被我发现。母亲的举动在为一家人提供了调侃取笑的话题时，也针灸一样刺疼了我几乎麻木的诗歌神经。悄悄回到书房，我想，该写一首诗了，否则对不起母亲，也对不起诗歌。

在我看来，母亲不经意间的一个动作，胜过所有诗歌理论。只有老老实实地去寻觅，去发现，去爱事物们，去和它们对话，去体味和思索，才能感到诗的体温和心跳，才能让诗走在我的笔下，来不断扩充和丰盈一片天地。于是我比孩子还好奇地想知道一座山和相邻的另一座，为什么能情人般地老天荒长相厮守。我想找到让一条河回归春天的秘密处方和可能路径。我想考证在月光下散步的，除了月光，到底还有哪些魂灵。我想看到把与李白对饮与苏轼对话的月亮，种子一样种在我心里，会长出一种什么样的植物……

多年的诗歌写作实践告诉我，必须去做减法，不重复别人也不重复自己的减法。我确实比过去写得慢了不少，我得遵从诗歌的减法法则，就像遵从生活与生命的减法法则一样。但我的遵从决不能是我唏嘘哀叹和消极无为的理由，而应成为我对诗歌心存敬畏守持诗歌高贵的依凭。

古往今来的诗人们给古往今来的伟大之物，已贴上诗的标签了。我敬佩，但心有不甘。把其中的一些撕下来，再贴上属于自己的标签，这似乎是一种不道德的野心，却使我充满欲望和诱惑。

而作为一个身处庸常生活中的诗人,更多时候,我能做的,就是像小时候捡煤渣那样,于庸常中寻找蕴藏着的诗意。至于能找到多少,它们能产生怎样的光焰与温暖,就全靠诗神的垂怜和自己的造化了。

刘伟雄

生于1964年,福建霞浦人。
著有诗集《苍茫时分》《呼吸》等。

代表作 乡村

不觉得天天都行走在
《诗经》的世界里吗
那些叫小薇的草就长在脚边
那些叫荻的花开出纯银的声响

自然界没有任何改变的意图
我们的命名到了如何浅薄的份上
总是不厌其烦地把爱情
说得不像爱情

在故乡　你随便一走
就走进了古代　生物之间
美丽和繁茂的根系
存在于我们视野忽略的现实

演化了几千年　在村庄
还不是村庄的时候　来来往往的
眼神　就已经被叫作诗歌了

[新作] **唱歌的海葵**

洋屿灯塔

尽管灯火已随历史沉睡

那些羊在草坡上的动作

还是让我们看到了生动的景致

这些活着的记忆　就像

满坡的水仙花　从百年前

一直开放到今天的奇迹

也许怀古会让锈迹斑驳

海浪却蒙着记忆的云翳

在今天　阳光照耀下的灯塔

痛苦的往事正被风吹浪打

望茫茫的海天　海峡风

吹在浩荡的天际

礁石上的藤壶

藤壶这种海洋生物

坚定地滋生在飞浪中

那些有花朵特质的斑斓

经过洗礼后风光无限

故乡沉默的礁岩　爬满它们
团结的力量　挤在一起
是它们要让水温与体温达到一致

我的海岸　草长莺飞
笨拙的藤壶伸出柔软的须角
似乎要摸透空气的脾性
也要弄懂春天来临的意义

从山顶眺望大海日落

能在海岛山顶上看到日落的刹那
你是有福的人了　我在想
那些沉船是看不到的
那些鱼儿是看不到的
还有我在大陆上的朋友是看不到的

我看到的日落在海岛的山上
那里没有炊烟熏出的气息
甘草的清香　蛐蛐的吟唱
为我的感动平添了许多内容

实际上那不过是一个平常的日落

可我却听到落日在海中

嗞嗞的声响　碧海顷刻红颜

灼烫的还有我羞涩的怀抱

注定我能看见那些

离世界很远的景致

在海岛的山顶上　如果顺风

触手也就能抚摸到天堂的脸

唱歌的海葵

咸水里左右摇摆

透明的跃动使海洋的澎湃

多了一分柔媚

那些歌唱的海葵

多像我家乡的姊妹

她们的草帽遮过羞涩

她们的围裙拂过喜悦

她们在阳光海域举手投足

使礁石也变得年轻

那些会唱歌的海葵

是寂静海洋妊娠的标志

是在海岸上生活的我们

无法体会到的音乐和舞蹈

海 滩

没有船只的海滩　也是海滩
那个少年斜着肩头站在海边
他要穷尽自己的目光
把海望穿的姿势　真是叫人感动

海浪喧哗　从他的脚上冲过
听得见泥沙被过滤后的惊呼
招潮蟹如果有心情也会高举双螯
呐喊着为一个尊严的出航

没有了船只的海滩　也是海滩
乌云密布中的天空　怒潮分不清
是谁的天地　落在礁上的鸥鸟
不会为了生育而放弃弄潮的机会
直到一抹夕阳镀黄少年的脸
苍老的苔藓爬过他的手臂
一尊雕像是以他的形象
站在海滩上　站成了我们的今天

老家

闽东山区　很冷的一个村子
十点之后才有太阳从山的顶上
移到我的屋檐下　那只黄色的猫
追着雀儿满园翻跑　我奶奶
用福州方言训着鸡们鸭们
到家门前的小溪寻找自由的生活

茶树被采集过的枝上　又冒出了
新芽　像梦一样长满了茸毛
土灰色的棉袄露出了棉头
冻红的鼻上挂着冰凌
早春的原野　雾气浓郁着
牛的脚步迈向了画的边框

常常这样在温暖的被窝里
想念着早年的清寒　用键盘敲打
我的那个屋檐　那只猫
那片茶园　还有祖母驱赶雀儿的身影
她招呼鸡鸭猫狗回笼的那个黄昏
连她飘在风中的银发都成了
我在这个世界发呆的理由

水中老佛

如今老佛在水中想什么呢
千年龙腰碓已把稻米碾进
每一个朝代的嘴里
隋朝以降的各路生灵
以霍童的名义归化繁衍

废弃的石碓早已不知去向
面对地名　人们有几分失落
又有几分坚定　几分的不舍不弃
似乎还要把哗哗的流水
全都碾进悠悠岁月

季节因此要忘记了花事
雨雪因此要忘记了人间

随笔 藏在心中的诗

闽东，大多数人的印象是贫困山区。山脉绵延纵横，每条山的皱褶里都有村落，生活着纯朴乐观的乡亲。认识闽东的海，得益于这些年摄影队伍的活跃，许多来旅行的摄影者把闽东海岸的滩涂美景拍得跟仙境一般。大家又觉得，闽东原来是海边，辽阔、深邃、风轻云淡，美极了。

山区和海岛恰是我年少时生活的两个地方。老家西洋岛，是座方圆八平方公里的小岛，岛上看不到什么树木，记忆中只有妈祖宫前两株高大的榕树。台风肆虐，是哪年把这两棵华盖葳蕤的老榕树连根拔起，已经记不起来了，反正现在已难觅树影。山上还有一些零散的相思树、夹竹桃等小灌木连着满山的枯草，海风一吹，灰黄黄的一片。

岛上淡水稀缺，大旱年份要从大陆上运水。土地贫瘠，只种植番薯等农作物，根本养活不了一岛的人，大部分人靠海营生。生活条件艰苦，缺衣少药，像我奶奶这样的人，习惯了生病自己去乡下采草药。那时候，在这个岛的一户人家门口种植着一株开白花的木槿，这宝贝花清热解毒，奶奶常去讨几朵，多了也得花钱买。当时我就巴望着有一天也要种株木槿。西洋岛上石头房，前屋连后房，哪有种花的闲地方。

直到若干年后，我们迁居到内陆山区，在天寒地冻的山里开始新生活。第二年春分一过，我们就看到邻居家居然有大片的木槿花。山里人并不稀罕这个，开花时任由我们摘。奶奶说，我们也有房前屋后了，种上几株。现在，我家的院子里，木槿树的树干已有碗口粗了。奶奶去世多年，花还是年年静静开着落着。

奶奶二十多岁就守寡，一直坚强地带着三个孩子走过来。她大字不识几个，早年替大户人家织腰带，绣花功夫了得。对草草花花特别感兴趣，偶尔还会哼几句戏文。奶奶是个戏迷。早年在西洋岛，家里遭贼，有人赶到妈祖宫戏台下给奶奶报信。她居然说，偷也偷了，回去戏就看不成了。一时成了岛上人家的笑谈。从这点上我们兄妹几个迷恋文艺，不知有多少来自她的遗传基因。

实际上，生活再怎么困苦不堪，人对精神世界的追求总是展开另一个层面的光芒。我生活的这个小岛，岛民最兴奋的事莫过于戏班来演戏。一说有戏看，万人空巷，都集中到妈祖宫里，人人脸上如鲜花绽放，特别有精气神。传说早年有一戏班来岛上，遇到风暴，船被打烂了，所有的人与行头都被卷入海边巉岩下的一个石洞里，沉船的这澳口如今有个骇人的名字：棺材澳。每当满月高照，潮汐涨落时，洞里就隐隐传出丝竹之声，锣钹喧响，余音袅袅⋯⋯

后来在山区，文化生活一样单调。有段时间，旧戏不让演了，乡村里就悄悄出现了说书人。这些说书人一般都是村里或邻村有点文化知识的人。说书师傅说书前总被村人簇拥着坐到台上。锣钹一敲，全场静悄悄。松枝点的灯，让空气中弥漫着浓浓的松油味道。

奶奶也会听得如痴如醉，回来后她又会把这些故事的旁枝细节给我们补一回。多少个乡下没有灯火的夜晚，帷帐里听奶奶絮絮叨叨。今天想来，我的文学启蒙是从那个时候开始的吧。在乡下的日子里，朦朦胧胧中有一种今天叫诗歌的东西在吸引着我。最原初的对精神世界的期待，对抽离困境的想象一直伴随着我一天天长大成人。就像奶奶种的木槿花，微风中总摇曳着淡淡的香。

家乡的美丽、童年的经历，让我对生活的向往有了明确的方向。虽然离开家乡三十多年了，奶奶也早已不在人世。乡村和亲人们对外面世界，对文化生活的渴望和追寻，在我成长的路上留下了深深的烙印。一直认为推动我文学创作的最初动力，一定来自乡村文化的早年熏陶，来自不识字的奶奶。从小，我就渴望能自己编出戏或写本书。梦想，是从这里长出了翅膀。

从最初的吸引到今日的回望，我走过了三十多年并不平坦的创作之路。从写诗到办诗社再到搞各式各样的诗歌活动。生命的每一段行程都有诗歌同行。在人生最困顿最无奈的时刻，诗歌的陪伴显得那么重要，是依靠，是救赎，是安慰，是探路的灯照不到的路！

前几年，我的乡下母校连续几年举办闽东诗人的作品朗诵会。孩子们纯净的眼神和纯美的声音，让我的诗触摸到了故乡的家门。面对他们，我惭愧于自己诗歌创作中的欠缺。有时候，我会生出妄念，读一首自己的诗给天堂的奶奶，在诗里续上她曾经的梦。

李晓梅

生于 1963 年,甘肃平凉人。
著有诗集《李晓梅诗选》等。

代表作 沼泽

一

天就要亮了
到哪儿去洗净我这一身泥泞
你若是来了
谁能理好我已千丝万缕的衣衫

你不该在天上问我
就不能再走一步了吗
你不知沼泽里到处冒着绝望的泡沫
那些绿得发黑的野草
正等着盖住我的最后一次挣扎
我 只望着那越来越红的天空了
多么想在烈火中得到一双翅膀
如果有一只鸟
落在你的面前睁开我的眼睛
你知道沼泽里那片灰烬那寸焦土吗

二

我是多么羡慕那些爱着哭着的人们
她们成串的泪珠闪闪烁烁
美丽着台上台下可歌可泣的爱情

而我是那吞金的人

坠死也不能吐出来的

是我想说的那句话……

为寻觅　还是离去

穿过荒野的荆棘，又陷入黑夜的沼泽

此刻　听着那隐隐传来的鼓乐

想着那三尺宝剑　二丈白绫

看那爱一次死一次的烈女们

满腔的热血在空中飞溅

多么痛快　多么幸福　多么壮烈

……又多么无奈地落在发黄的绢上

被人点成妖艳的桃花

在轻薄的扇上

成为另一种传奇

三

那么　还是让我在沼泽里

原谅大地深深的缺陷吧

当一切没过了我举起的十指

天也该亮了……

新作 **大雪**

秋风起

秋风起

此生最美的一季

你拾起遗忘的镜子

看见母亲慈悲地解开衣襟

掏出黄金般的谷物　珠玉般果实

绫罗绸缎的嫁妆　任层林尽染　野村披挂

那刚刚出土的玫瑰色的地瓜

似原野上湿漉漉的吻别

万物为秋风让路

它横扫悬浮在视线里的所有背影

横扫我走过的每一寸道路

它呼啸着旋转着推开铺天盖地的落叶

就像你　迫不及待地推开眼前的一切

摊开久违的纸笔……

秋风起

我看见童年的灶台　晚年的庙宇

看见母亲俯身轻轻吹拂冷落的烟灰

唇齿间的风声　吹去我的眼中的泥沙

泪水　让我在风口失明又复明

秋风起

当如镜的水面　瞬间倒映出天上的流云

顿悟天地之间

是空的距离

不要说还有一个冬季

来得及焚烧那些错爱的病句

日影一寸　地差千里

我已是秋天的年纪

断断续续的生命

终于可以是一本敞开的书

风吹开哪一页　就读哪页

无须构思和剪辑

山川古道　风光灾难　都在无法更改的位置

大河流进无底的深渊和《山海经》注释的一致

青春和花甲无非是节气如期而至

夏至

墨绿的田野没有一寸裸土

母亲举着木杖在河岸奔走

百般阻挠　千番呵斥

年年都有执拗的孩子嬉水溺亡

只有到了夏天　才知一条河的深浅

只有我知道　你改道的冲动

暴雨之后的洪水溢满了河床

隐忍的母亲用乳汁带走火山的胀痛

庄稼生灵般疯狂地吸吮

青纱无际

藏匿着至痛与狂喜

没有一滴水为溺水的人干涸

没有一个人因孩子夭折

诅咒河水断流

大地腹中火炉　田园胸襟香瓜

麦浪滚滚仿佛直奔仓廪

日上中天　立竿无影

我是排放在夏至河中的块块青石

扶着过河的妇孺

渡着乞食的行脚

放过可耻的溃逃

抵着爱恨的涡旋

尽情流着你流不出的泪水

大雪

这冰还有隙　这河还未封严

举着你的寒衣

长风几万里　大雪又一年

我还是不能过去

皑皑两岸如渐渐失血的唇

屏住最后的气息

弥封着冰河的裂隙

从天涯来到咫尺　我抱着你的寒衣

冰层撑不住临近的步履

坍塌灭顶

可否是一条鲤

放弃呼吸　沉入河底

顺着时光的回文

回环往复在你的耳际

叫你不要在冰窟中睡去

可否是不群的鹜

腾云长唳　燃起彼岸的荆棘

火引冰薪　息壤在彼

可否是织女

抽动这河如一根丝

把冬雷刺成的隆隆闪电

听从你的霹雳

伸展身躯　春潮滚滚而来

云气村石上诗

大地忍不住又热泪盈眶
迷离的云气顺从远山近水的引领
泛起在霍童溪的慈光之上……

若能溯流而上找到第一缕炊烟
请跪问战乱和瘟疫中逃亡的祖先
一路颠沛怎样安顿了诗意的村庄

若能如青山抱住对出的两岸
请念出星座般高出时光的青石上
百年流水相伴的诗家衷肠

若能像日月之光进入青石的纹理
请按照刀凿顿挫金石斑驳的字迹
说出石头的一天是人类的多少万年

若能在霍童溪的一角
俯身为石　做一块大地的镇纸
请守着金声的玉振　云气的出入
说出谁是镶嵌在时光中的传世之笔
谁又久别重逢心藏地壳的岩浆……

随笔　大河与河床

有人说：人分两种，一种人有往事，另一种人没有往事……是指那些使灵魂具有孕育力和创造力的活着的往事。

我的诗，仿佛都是往事。文字或深或浅，但在生命中没能留有印迹的，就无法诉诸笔端。许多人无法理解，不就是短短几句话吗，怎么可能写不出来呢？我想，这就是诗与小说散文的不同，诗是无法虚构的，诗的感觉"有"对应的是"无"，不可能有"假"，就像生命中的往事和灵感无法虚构，李白的那一句"眼前有景道不得"，是自谦，更多是无奈。

"为赋新诗强说愁"与"欢"，使诗歌失去了读者。一件冒牌的衣服是可以穿的，日用假货可以廉价消费，而假诗伪诗，无用还是其次，可怕的是它祸害了"诗人"这一称谓，以至于外出开会，有人错把同事当我，问：还写诗吗？同事脱口而出：我不写诗，我神经很正常。

这或许是个例，但在人们心目中，那些即兴赋诗、滔滔不绝、出口成章的才是诗人。而我更像一只蚕，默默吞噬着往事，喉咙里苦苦满是桑叶，在肌肤胀痛、通体透明的时候，才能吐丝。无论是真丝、麝香还是玉石，之所以名贵，是因为它们由生命和自然所孕育，它们有温度有灵性，无法化合，无法速成，无法复制。无论是"一江春水向东流"的千古哀愁，还是"他乡遇故知"的人生至乐，真性情方有真诗文。这不是在道德上的苛求，我已不信"人品等于文品"，而是明白，即使你有宏大得足以破世界纪录的长卷，如果不真，人们情愿去看那些已看过无数遍的真迹，几笔就足以销魂。

当然，真诚并不排斥诗歌创作的技巧，内容和形式的关系，如同灵魂和肉身。我非常赞叹有人将肉身称为灵魂的庙宇，不仅精神，肉身同样庄严。而庄严并不是虚无的高高在上，那些散落在乡村阡陌的土庙同样庇护包容着众生的心。年轻的时候，可以凭借感受和激情写出几首好诗，但不能否定，潜意识中我们还是用了在阅读中看见的形式和技法。真正具有原创能力，能赋予飞扬的诗思以不朽形体的人，毕竟是少数，我知道自己与他们的距离就像老庄说的：小知与大知。

我是从1981年开始发表作品的，唐晓渡先生说过：二十世纪八十年代诗歌变成了一种替代性的信仰。三十多年过去了，诗一直是我的替代性信仰。尽管创作上会有或长或短的停滞，但一个诗人消失了，并不等于他离开诗了；相反，随着年龄的增长，对诗的敬畏也愈加强烈，每前进一步都艰难缓慢。引用罗曼·罗兰在《托尔斯泰传》中的一段描述：托尔斯泰并不如一条水流枯竭的河迷失在沙土里那般地达到信仰，他是把强有力的生命的力量集中起来灌注在信仰中间。因为我的才华和我的生命能量有限，我注定会在艰难曲折的途中枯竭，像"一条水流枯竭的河迷失在沙土里那般地达到信仰"是我的宿命。但一条河不会因为将在前方枯竭就不流淌，每当看到干枯的河床，我就感觉河水的奔涌还在，真切地从我怀里流过，没有水的时候河还是河，它非常接近我生命的状态。

我在《寒衣》中写了四季的河流，这些河在我心中整整流了一年。在凛冽的风雪中，我紧紧抱着你的寒衣，阻隔我的冰河不封严，我无法抵达彼岸；而等到冰河坚硬了，我能过去了，你也许已不需要寒衣了。在无法解脱的悖论中,我面对着河边的四季;这里有忠烈的孟姜女,有慈悲的织女,有春花的无邪、烈日下面对荒芜的枯坐、秋风萧瑟的斩获、舍命而来的大雪覆盖的滚烫泪眼……真切的消失,复活的往事,在河边轮回,在四季交织。这首诗写完的时候,我仿佛走过了一生,我的结局和起始在同一个位置,是惜别的地方, 也是开始追寻的地方。

通过这首诗的写作,我接受了我的"寒衣"是永远也送不到的事实,也看到了那条我追随的"汛期最长的河流",没有目标只有信仰,消失在人类不知的方向。

在物质过剩、快递神速、已无冻馁之忧的当下,我紧紧抱在怀里的"寒衣"是什么?如果仅是一个传统文化中的意象,就难免成为一个道具,而不是我的诗篇。说到传统就避不开创新,我认为的创新不是反传统,作为女性,我把传统视为母体,离开母体才有新生,但能够脱离母体的能量不是凭空而来的,是在母体中汲取的。传统对创新创造具有启发和催生的能量,而不是禁锢。

英年早逝的画家忻东旺先生说过:我希望我的作品具有当代文化的深度和人类审美的教养。我由衷钦佩。并以此自勉。

聚焦"闽东之光"

——第十届青春回眸诗会侧记

黄尚恩

福建宁德,俗称闽东,是习近平总书记曾经工作过的地方,是习近平新时代中国特色社会主义思想的重要萌发地之一。2019年5月12日至15日,第十届青春回眸诗会暨宁德诗会在这里举行。中国作家协会副主席吉狄马加,福建省委常委、秘书长、宣传部部长梁建勇出席并致辞。《诗刊》主编李少君、宁德市委书记郭锡文、福建作协主席陈毅达,以及15位参加"青春回眸"诗会的诗人、20余位宁德诗人代表参加活动。

据介绍,"青春回眸"诗会是《诗刊》社于2010年打造的与"青春诗会"相对应的一项诗歌品牌活动,每年邀请一些曾参加过"青春诗会"的诗人,以及一些没有参加过"青春诗会"但依然活跃在诗歌创作现场的诗人参加,他们的年龄大都在50岁以上。大家聚集在一起,共同怀念青春岁月的诗歌理想,探讨当下诗歌发展的新可能。参加本届"青春回眸"诗会的15位诗人是:杨克、汪剑钊、树才、李晓梅、剑男、池凌云、林秀美、安琪、刘伟雄、谢宜兴、宝兰、鲁克、池天杰、南书堂和田湘。

今年正好是"青春回眸"诗会创办的第十年,选择在宁德举办有着特殊的意义。这里枕山面海、拥江揽湖,山的伟岸、海的奔放、江的灵动、湖的沉稳,孕育了古朴淳厚又多姿多彩、兼容并蓄又特色浓郁的闽东文化。习近平总书记在宁德工作期间，把闽东的锦绣河山、灿烂文化传统和闽东人民的自强不息、艰苦奋斗、善良质朴的精神，形象地概括为"闽东之光"，强调要"把闽东之光传播开去"。这些年来，闽东人民通过努力奋斗，让这片土地旧貌换新颜。

在诗会开幕式上，吉狄马加说，希望通过此次活动，让诗人们深入生活，用心感受闽东人民的生动创造实践和闽东大地这几十年来的发展巨变，接受火热现实的教育，用生花妙笔书写、见证、传播"闽东之光"。当前，我们正在为实现中华民族伟大复兴的中国梦而不懈奋斗，在这样伟大的时代，诗人不能缺席，诗歌不能缺位。广大诗人要在深入生活、扎根人民中进行无愧于时代的诗歌创造，推出更多具有时代性、史诗性的伟大诗篇。

诗会期间，诗人们先后赴蕉城城区和九都镇、霍童镇、三都镇等地，参观了云气村诗林、黄鞠故里、福海关旧址、海洋牧场、鹏城古街和蔡威事迹展陈馆，并重点观看了"摆脱贫困"主题展览和当地的民俗文化展示。诗人们在参观交流中谈到，这次来到宁德，走进城乡街道，参观主题展览，真切感受到了闽东大地所发生的巨大变化，要用手中的笔把采访的收获转化为反映时代生活的优秀诗篇。

在以"新时代诗歌的时代意识"为主题的座谈会上，杨克、汪剑钊、树才、李晓梅、剑男、池凌云、林秀美、安琪、刘伟雄、宝兰、鲁克、池天杰、南书堂等诗人分别表达了自己对于当前诗歌创作的看法。大家表示，诗人是时代的歌者，既要唱出自己的心声，更要唱出那些默默无闻者的心声。面对火热的时代生活，诗人要尽量做到"我在此""我在场"，以深邃的目光、广阔的视野，深刻地把握现实的纹理，在诗歌创作中将个人视阈、现实细节和历史经验更好地结合起来，创作出更多既有个体鲜活经验，又反映时代气象的优秀作品。诗歌写作最终是一种修行，正如唐代诗人韩愈所言，"气盛"方能"言宜"。要提升爱的能力，对这个世界保持好奇心，对所写的对象常怀同理心，以一颗向外敞开的心，不断拓展诗歌创作的广阔疆域。我们现在呼吁诗歌的现实感、时代性，这不是一件容易做到的事情。有些诗人仅仅是将现实素材进行简单罗列，这不是真正的诗歌。越是现实的题材，越是考验诗人的语言基本功。诗人需要不断锤炼语言，与语言发生更为深刻的生命联系，将现实素材进行诗意的提升，就如同要有将"米"酿成"酒"的魔力，只有这样才能不断提升表达时代与现实的能力。

在本届"青春回眸"诗会举办期间，宁德诗会同期举行。为了更好地推介闽东诗群的创作成就，主办方在九都镇云气村打造了"云气诗滩"和"闽东诗群步道"，以石刻、展板等多种形式展示闽东诗人的优秀诗作。据介绍，闽东诗人的大量涌现，得益于改革开放初期的宽松创作氛围，得益于宁德市委市政府大力打造"闽东之光"所产生的深远影响。从"40后"到"00后"，闽东每一代都出现了比较优秀的诗人。其中，汤养宗以诗集《去人间》获得鲁迅文学奖，叶玉琳、友来、俞昌雄、张幸福、林典刨等6位诗人先后参加青春诗会，刘伟雄、谢宜兴、空林子、陈小虾等中青年诗人活跃于诗歌创作的现场。

在闽东诗群研讨会上，参加"青春回眸"诗会的诗人们与闽东诗人们进行深入交流。大家表示，福建这些年来扎实推进文学创作，精品力作不断涌现，"闽东诗群"成为诗歌界一道独特而亮丽的景观。希望闽东诗人进一步深入生活、扎根人民，深入挖掘福建历史文化资源和人民伟大创造实践，深刻地把握和处理现实生活，创作出更多有筋骨、有道德、有温度，反映"闽东之光"的时代佳作。

　　此次诗会还注重将诗歌推广到人民群众之中，在宁德东湖北岸公园举办了"诗聚新宁德，潮涌三都澳"诗歌朗诵会。诗人们分别朗诵了自己创作的作品，并与现场的诗歌爱好者进行互动交流；杨克走进宁德市职业中专学校，以"诗歌写作的基本要素"为题，以中外经典诗歌为例，以幽默风趣的语言，深入浅出地阐释了诗歌写作应具有感染力、想象力、音律美等要素，并与学生们共话诗歌创作对于人生的重要意义。